I0456885

Мамай, Пещера, Большим
детям сказки, Рассказ о
самом главном
Selected Short Stories
Евгений Замятин
Yevgeny Zamyatin

Selected Short Stories
Copyright © JiaHu Books 2017
First Published in Great Britain in 2017 by JiaHu Books – part of
Richardson-Prachai Solutions Ltd, 434 Whaddon Way, MK3 7LB
ISBN: 978-1-78435-207-3
Conditions of sale
All rights reserved. This book or any portion thereof
may not be reproduced or used in any manner whatsoever
without the express written permission of the publisher
except for the use of brief quotations in a book review.
A CIP catalogue record for this book is available from the British
Library
Visit us at: jiahubooks.co.uk

Мамай

По вечерам и по ночам -- домов в Петербурге больше нет: есть шестиэтажные каменные корабли. Одиноким шестиэтажным миром несется корабль по каменным волнам среди других одиноких шестиэтажных миров; огнями бесчисленных кают сверкает корабль в разбунтовавшийся каменный океан улиц. И, конечно, в каютах не жильцы: там -- пассажиры. По-корабельному просто все незнакомо-знакомы друг с другом, все -- граждане осажденной ночным океаном шестиэтажной республики.

Пассажиры каменного корабля N 40 по вечерам неслись в той части петербургского океана, что обозначена на карте под именем Лахтинской улицы. Осип, бывший швейцар, а ныне -- гражданин Малафеев, стоял у парадного трапа и сквозь очки глядел туда, во тьму: изредка волнами еще прибивало одного, другого. Мокрых, засыпанных снегом, вытаскивал их из тьмы гражданин Малафеев и, передвигая очки на носу -- регулировал для каждого уровень почтения: бассейн, откуда изливалось почтение, сложным механизмом был связан с очками.

Вот -- очки на кончике носа, как у строгого педагога: это -- Петру Петровичу Мамаю.

-- Вас, Петр Петрович, супруга дожидают обедать. Сюда приходили, очень расстроенные. Как же это вы поздно так?

Затем очки плотно, оборонительно уселись в седле: тот, носатый из двадцать пятого -- на автомобиле. С носатым -- очень затруднительно: "господином" его нельзя, "товарищем" -- будто неловко. Как бы это так, чтобы оно...

-- А, господин-товарищ Мыльник! Погодка-то, господин-товарищ Мыльник... затруднитель-ная...

И, наконец -- очки наверх, на лоб: на борт корабля вступал Елисей Елисеич.

-- Ну, слава Богу! Благополучно? В шубе-то вы, не боитесь -- снимут? Позвольте -- обтряхну...

Елисей Елисеич -- капитан корабля: уполномоченный дома. И Елисей Елисеич -- один из тех сумрачных Атласов, что, согнувшись, страдальчески сморщившись, семьдесят лет несут по Миллионной карниз Эрмитажа.

Сегодня карниз был явно еще тяжелее, чем всегда. Елисей Елисеич задыхался:

-- По всем квартирам... Скорее... На собрание... В клуб...

-- Батюшки! Елисей Елисеич, или опять что... затруднительное?

Но ответа не нужно: только взглянуть на страдальчески сморщенный лоб, на придавленные тяжестью плечи. И гражданин Малафеев, виртуозно управляя очками, побежал по квартирам. Набатный его стук у двери -- был как труба архангела: замерзали объятия, неподвижными пушечными дымками застывали ссоры, на пути ко рту останавливалась ложка с супом.

Суп ел Петр Петрович Мамай. Или точнее: его строжайше кормила супруга. Восседая на кресле величественно, милостиво, многогрудо, буддоподобно -- она кормила земного человечка созданным ею супом:

-- Ну, скорей же, Петенька, суп остынет. Сколько раз говорить: я не люблю, когда за обедом с книгой...

-- Ну, Аленька -- ну, я сейчас -- ну, сейчас... Ведь шестое издание! Ты понимаешь: "Душенька" Богдановича -- шестое издание! В двенадцатом году при французах всё целиком сгорело, и все думали -- уцелело только три экземпляра... А вот -- четвертый: понимаешь? Я на Загородном вчера нашел...

Мамай 1917 года -- завоевывал книги. Десятилетним вихрастым мальчиком он учил Закон Божий, радовался перьям, и его кормила мать; сорокалетним лысеньким мальчиком -- он служил в страховом обществе, радовался книгам, и его кормила супруга.

Ложка супу -- жертвоприношение Будде -- и снова земной человечек суетно забыл о провидении в обручальном кольце -- и нежно гладил, ощупывал каждую букву. "В точности против первого издания... С одобрения Ценсурнаго Комитета"... Ну, до чего приятное, до чего умильное то на трех толстеньких ножках...

-- Ну, Петенька, да что это? Кричу-кричу, а ты с своей книгой... Оглох, что ли: стучат.

Петр Петрович -- со всех ног в переднюю. В дверях -- очки на кончике носа:

-- Елисей Елисеич велели -- чтоб на собрание. Скорее.

-- Ну вот, только за книгу сядешь... Ну что еще такое? -- у

лысенького мальчика в голосе слезы.

-- Не могу знать. А только чтоб скорее...-- Дверь каюты захлопнулась, очки понеслись дальше...

На корабле было явно неблагополучно: быть может, потерян курс; быть может, где-нибудь в днище -- невидимая пробоина, и жуткий океан улиц уже грозит хлынуть внутрь. Где-то вверху, и вправо, и влево -- тревожно, дробно стучат в двери кают; где-то на полутемных площадках -- потушенные вполголоса разговоры; и топот быстро сбегающих по ступенькам подошв; вниз, в кают-компанию, в домовый клуб.

Там -- оштукатуренное небо, все в табачных грозовых тучах. Душная калориферная тишина, чуть-чуть чей-то шепот. Елисей Елисеич позвонил в колокольчик, согнулся, наморщился -- слышно было в тишине, как хрустнули плечи -- поднял карниз невидимого Эрмитажа и обрушил на головы, вниз:

-- Господа. По достоверным сведениям -- сегодня ночью обыски.

Гул, грохот стульев; чьи-то выстреленные головы, пальцы с перстнями, бородавки, бантики, баки. И на согнувшегося Атласа -- ливень из табачных туч:

-- Нет, позвольте! Мы обязаны...

-- Как? И бумажные деньги?

-- Елисей Елисеич, я предлагаю, чтобы ворота...

-- В книги, самое верное -- в книги...

Елисей Елисеич, согнувшись, каменно выдерживал ливень. И Осипу, не поворачивая головы (быть может, она и не могла повернуться):

-- Осип, кто нынче на дворе в ночной смене?

Осипов палец медленно, среди тишины, пролагал путь по расписанию на стене: палец двигал не буквы, а тяжелые мамаевские шкафы с книгами.

-- Нынче М. гражданин Мамай, гражданин Малафеев.

-- Ну вот. Возьмете револьверы -- и в случае, если без ордера...

Каменный корабль N 40 несся по Лахтинской улице сквозь шторм. Качало, свистело, секло снегом в сверкающие окна кают, и где-то невидимая пробоина, и неизвестно: пробьется ли корабль сквозь ночь к утренней пристани -- или пойдет ко дну. В быстро пустеющей кают-компании пассажиры цеплялись за каменно-неподвижного капитана:

-- Елисей Елисеич, а если в карманы? Ведь не будут же...

-- Елисей Елисеич, а если я повешу в уборной как пипифакс, а?

Пассажиры юркали из каюты в каюту и в каютах вели себя необычайно: лежа на полу, шарили рукою под шкафом; святотатственно заглядывали внутрь гипсовой головы Льва Толстого; вынимали из рамы пятьдесят лет на стене безмятежно улыбавшуюся бабушку.

Земной человечек Мамай -- стоял лицом к лицу с Буддой и прятал глаза от всевидящего, пронизывающего трепетом ока. Руки у него были совершенно чужие, ненужные: куцые пингвиньи крылышки. Руки ему мешали уже сорок лет, и если бы не мешали сейчас -- может, ему очень просто было бы сказать то, что надо сказать -- и так страшно, так немыслимо...

-- Не понимаю: ты-то чего струсил? Даже нос побелел! Нам-то что? Какие такие тысячи у нас?

Бог знает, если бы у Мамая 1300 какого-то года были бы тоже чужие руки, и такая же тайна, и такая же супруга -- может быть, он поступил бы так же, как Мамай 1917 года: где-то среди грозной тишины в уголку заскребла мышь -- и туда со всех ног глазами кинулся Мамай 1917 года и, забившись в мышиную норь, продрожал:

-- У меня... то есть -- у нас... Че... четыре тысячи двести...

-- Что-о? У тебя-а? Откуда?

-- Я... я понемногу все время... Я боялся у тебя каждый раз...

-- Что-о? Значит, крал? Значит, меня обманывал? А я-то, несчастная -- я-то думала: уж мой Петенька... Несчастная!

-- Я -- для книг...

-- Знаю я эти книги в юбках! Молчи!

Десятилетнего Мамая мать секла только один раз в жизни: когда у только что заведенного самовара он отвернул кран -- вода вытекла, все распаялось -- кран печально повис. И теперь второй раз в жизни чувствовал Мамай: голова зажата у матери под мышкой, спущены штаны -- и...

И вдруг мальчишечьим хитрым нюхом Мамай учуял, как заставить забыть печально повисший кран -- четыре тысячи двести. Жалостным голосом:

-- Мне нынче дежурить во дворе до четырех утра. С револьвером. И Елисей Елисеич сказал, если придут без ордера...

Мгновенно -- вместо молниеносного Будды -- многогрудая,

сердобольная мать.

-- Господи! Да что они -- все с ума посошли? Это всё Елисей Елисеич. Ты смотри у меня -- и в самом деле не вздумай...

-- Не-ет, я только так, в кармане. Разве я могу? Я и муху-то...

И правда: если Мамаю попадала муха в стакан -- всегда возьмет ее осторожно, обдует и пустит -- лети! Нет, это не страшно. А вот четыре тысячи двести...

И снова -- Будда:

-- Ну, что мне за наказание с тобой! Ну, куда ты теперь денешь эти твои краденые -- нет уж, молчи, пожалуйста -- краденые, да...

Книги; калоши в передней; пипифакс; самоварная труба; ватная подкладка у Мамаевой шапки; ковер с голубым рыцарем на стене в спальне; полураскрытый и еще мокрый от снега зонтик; небрежно брошенный на столе конверт с наклеенной маркой и четко написанным адресом воображаемому товарищу Гольдебаеву... Нет, опасно... И наконец, около полночи решено все построить на тончайшем психологическом расчете: будут искать где угодно -- только не на пороге, а у порога шатается вот этот квадратик паркета. Кинжальчиком для разрезывания книг искусно поднят квадратик. Краденые четыре тысячи ("Нет, уж пожалуйста -- пожалуйста молчи!") завернуты в вощеную от бисквитов бумагу (под порогом может быть сыро) -- и четыре тысячи погребены под квадратиком.

Корабль N 40 -- весь как струна, на цыпочках, шепотом. Окна лихорадочно сверкают в темный океан улиц, и в пятом, во втором, в третьем этаже отодвигается штора, в сверкающем окне -- темная тень. Нет, ни зги. Впрочем, ведь там на дворе -- двое, и когда начнется -- они дадут знать...

Третий час. На дворе тишина. Вокруг фонаря над воротами -- белые мухи: без конца, без числа -- падали, вились роем, падали, обжигались, падали вниз.

Внизу с очками на кончике носа, философствовал гражданин Малафеев:

-- Я -- человек тихий, натурливый, мне затруднительно в этакой во злобе жить. Дай, думаю, в Осташков к себе съезжу. Приезжаю -- международное положение -- ну прямо невозможное: все друг на дружку -- чисто волки. А я так не могу: я человек тихий...

В руках у тихого человека -- револьвер, с шестью

спрессованными в патронах смертями.

-- А как же вы, Осип, на японской: убивали?

-- Ну, на войне! На войне -- известно.

-- Ну, а как же штыком-то?

-- Да как-как... Оно вроде как в арбуз: сперва туго идет -- корка, а потом -- ничего, очень свободно.

У Мамая от арбуза -- мороз по спине.

-- А я бы... Вот хоть бы меня самого сейчас -- ни за что!

-- Погодите! Приспичит -- так и вы...

Тихо. Белые мухи вокруг фонаря. Вдруг издали -- длинным кнутом винтовочный выстрел, и опять тихо, мухи. Слава Богу: четыре часа, нынче уже не придут. Сейчас смена -- и к себе в каюту, спать...

В мамаевской спальне на стене -- голубой клетчатый рыцарь замахнулся голубым мечом и застыл: перед глазами у рыцаря совершалось человеческое жертвоприношение.

На белых полотняных облаках покоилась госпожа Мамай -- всеобъемлющая, многогрудая, буддоподобная. Вид ее говорил: сегодня она кончила сотворение мира и признала, что все -- добро зело, даже и этот маленький человечек, несмотря на четыре тысячи двести. Маленький человечек обреченно стоял возле кровати, иззябший, с покрасневшим носиком, куцые, чужие, пингвиньи крылышки-руки.

-- Ну иди уж, иди...

Голубой рыцарь зажмурил глаза: так ясно, до жути -- вот сейчас перекрестится человечек, вытянет вперед руки -- и как в воду с головою -- бултых!

Корабль N 40 благополучно пронесся сквозь шторм и пристал к утренней пристани. Пасса-жиры торопливо вытаскивали деловые портфели, корзиночки для провизии и мимо Осиповых очков спешили на берег: корабль у пристани -- только до вечера, а там -- опять в океан.

Согнувшись, Елисей Елисеич пронес мимо Осипа карниз невидимого Эрмитажа -- и обрушил на Осипа сверху:

-- Уж нынче ночью -- обыск наверное. Так пусть все и знают.

Но до ночи -- еще жить целый день. И в странном, незнакомом городе -- Петрограде -- растерянно бродили пассажиры. Так чем-то похоже -- и так непохоже -- на Петербург, откуда отплыли уже почти год и куда едва ли когда-нибудь вернутся. Странные, замерзшие за ночь каменноснежные волны: горы и ямы. Воины из какого-то неизвестного племени -- в странных лохмотьях, оружие на веревочках за плечами. Чужеземный обычай -- ходить в гости с ночевкой: на улицах ночью -- вальтер-скоттовские роброи. И вот тут на Загородном -- выжженные в снегу капельки крови... Нет, не Петербург!

По незнакомому Загородному потерянно бродил Мамай. Пингвиньи крылышки мешали; голова висела, как кран у распаявшегося самовара; на левом стоптанном каблуке -- снежный globus hystericus, мучителен каждый шаг.

И вдруг вздернулась голова, ноги загарцевали двадцатипятилетне, на щеках -- маки: из окна улыбалась Мамаю -- ...

-- Эй, зёва, с дороги! -- навстречу, напролом краснорожие перли с огромными торбами.

Мамай отскочил, не отрывая глаз от окна, и чуть только проперли -- снова к окну: оттуда ему улыбалась -- ...

"Да, ради этой -- и украдешь, и обманешь, и всё".

Из окна улыбалась, раскинувшись соблазнительно, сладострастно -- екатерининских времен книга: "Описательное изображение прекрасностей Санкт-Петербурха". И небрежным движением, с женским лукавством, давала заглянуть внутрь -- туда, в теплую ложбинку между двух упруго изогнутых, голубовато-мраморных страниц.

Мамай был двадцатипятилетне влюблен. Каждый день ходил на Загородный под окно и молча, глазами, пел серенады. Не спал по ночам -- и хитрил сам с собой: будто оттого не спит, что под полом где-то работает мышь. Уходил по утрам -- и всякое утро тот самый паркетный квадратик на пороге колол сладким гвоздем: под квадратиком погребено было Мамаево счастье, так близко, так далеко. Теперь, когда все открылось про четыре тысячи двести,-- теперь как же?

На четвертый день, как трепыхающегося воробья -- зажав сердце в кулак, Мамай вошел в ту самую дверь на Загородном. За прилавком -- седобородый, кустобровый Черномор, в плену у которого обитала она. В Мамае воскрес его воинственный предок: Мамай храбро двинулся на Черномора.

-- А, господин Мамай! Давненько, давненько... У меня для вас кой-что отложено.

Зажав воробья еще крепче, Мамай перелистывал, притворно-любовно поглаживал книги, но жил спиною: за спиной в витрине улыбалась она. Выбрав пожелтевший 1835 года "Телескоп", долго торговался Мамай -- и безнадежно махнул рукой. Потом, лисьими кругами рыская по полкам, добрался до окна -- и так, будто между прочим:

-- Ну, а эта сколько?

Ёк -- воробей выпорхнул -- держи! держи! Черномор програбил пальцами бороду:

-- Да что же -- для почину... с вас полтораста.

-- Гм... Пожалуй... (Ура! Колокола! Пушки!) Что же, пожалуй... Завтра принесу деньги и заберу.

Теперь надо через самое страшное: квадратик возле порога. Ночь Мамай пекся на угольях: нужно, нельзя, можно, немыслимо, можно, нельзя, нужно...

Всеведущее, милостивое, грозное -- провидение в обручальном кольце пило чай.

-- Ну кушай же, Петенька. Ну что ты такой какой-то... Не спал опять?

-- Да. Мы... мыши... не знаю...

-- Брось платок, не крути! Что это такое в самом деле!

-- Я... я не кручу...

И вот, наконец, выпит стакан: не стакан -- бездонная, сорокаведерная бочка. Будда на кухне принимала жертвоприношение от кухарки. Мамай в кабинете один.

Мамай тикнул, как часы -- перед тем как пробить двенадцать. Глотнул воздуху, прислу-шался, на цыпочках -- к письменному столу: там кинжальчик для книг.

Потом в лихорадке гномиком скорчился на пороге, на лысине -- ледяная роса, запустил кинжальчик под квадрат, ковырнул -- и... отчаянный вопль!

На вопль Будда пригремела из кухни -- и у ног увидала: тыквенная лысинка, ниже -- скорченный гномик с кинжальчиком, и еще ниже -- мельчайшая бумажная труха.

-- Четыре тысячи -- мыши... Вон-вон она! Вон!

Жестокий, беспощадный, как Мамай 1300 какого-то года, Мамай 1917 года воспрянул с карачек -- и с мечом в угол у двери: в угол забилась вышарахнувшая из-под квадратика мышь. И мечом кровожадно Мамай прогвоздил врага. Арбуз: одну секунду туго -- корка, потом легко -- мякость, и стоп: квадратик паркета, конец.

Пещера

Ледники, мамонты, пустыни. Ночные, черные, чем-то похожие на дома, скалы; в скалах пещеры. И неизвестно, кто трубит ночью на каменной тропинке между скал и, вынюхивая тропинку, раздувает белую снежную пыль; может, серохоботый мамонт; может быть, ветер; а может быть -- ветер и есть ледяной рев какого-то мамонтейшего мамонта. Одно ясно: зима. И надо покрепче стиснуть зубы, чтобы не стучали; и надо щепать дерево каменным топором; и надо всякую ночь переносить свой костер из пещеры в пещеру, все глубже, и надо все больше навертывать на себя косматых звериных шкур.

Между скал, где века назад был Петербург, ночами бродил серохоботый мамонт. И, завернутые в шкуры, в пальто, в одеяла, в лохмотья, -- пещерные люди отступали из пещеры в пещеру. На покров Мартин Мартиныч и Маша заколотили кабинет; на казанскую выбрались из столовой и забились в спальне. Дальше отступать было некуда; тут надо было выдержать осаду -- или умереть.

В пещерной петербургской спальне было так же, как недавно в Ноевом ковчеге: потопно перепутанные чистые и нечистые твари. Красного дерева письменный стол; книги; каменновековые, гончарного вида лепешки; Скрябин опус 74; утюг; пять любовно, добела вымытых картошек; никелированные решетки кроватей; топор; шифоньер; дрова. И в центре всей это вселенной -- бог, коротконогий, ржаво-рыжий, приземистый, жадный пещерный бог: чугунная печка.

Бог могуче гудел. В темной пещере -- великое огненное чудо. Люди -- Мартин Мартиныч и Маша -- благоговейно, молча благодарно простирали к нему руки. На один час -- в пещере весна; на один час -- скидывались звериные шкуры, когти, клыки, и сквозь обледеневшую мозговую корку пробивались зеленые стебельки -- мысли.

-- Март, а ты забыл, что ведь завтра... Ну, уж я вижу: забыл!

В октябре, когда листья уже пожолкли, пожухли, сникли -- бывают синеглазые дни; запрокинуть голову в такой день, чтобы не видеть земли, -- и можно поверить: еще радость, еще лето. Так и с Машей: если вот закрыть глаза и только слушать ее -- можно поверить, что она прежняя, и сейчас засмеется, встанет с постели, обнимет, и час тому назад ножом по стеклу -- это не ее голос, совсем не она...

-- Ай, Март, Март! Как все... Раньше ты не забывал. Двадцать девятое: Марии, мой праздник...

Чугунный бог еще гудел. Света, как всегда, не было: будет только в десять. Колыхались лохматые, темные своды пещеры. Мартин Мартиныч -- на корточках, узлом -- туже! еще туже! -- запрокинув голову, все еще смотрит в октябрьское небо, чтобы не увидеть пожолклые, сникшие губы. А Маша:

-- Понимаешь, Март, -- если бы завтра затопить с самого утра, чтобы весь день было как сейчас! А? Ну, сколько у нас? Ну с полсажени еще есть в кабинете?

До полярного кабинета Маша давным-давно не могла добраться и не знала, что там уже... Туже узел, еще туже!

-- Полсажени? Больше! Я думаю, там...

Вдруг -- свет: ровно десять. И, не кончив, зажмурился Мартин Мартиныч, отвернулся: при свете -- труднее, чем в темноте. И при свете ясно видно: лицо у него скомканное, глиняное, теперь у многих глиняные лица -- назад к Адаму! А Маша:

-- И знаешь, Март, я бы попробовала -- может, я встану... если ты затопишь с утра.

-- Ну, Маша, конечно же... Такой день... Ну, конечно -- с утра.

Пещерный бог затихал, съеживался, затих, чуть потрескивает. Слышно: внизу, у Обертышевых, каменным топором щепают коряги от барки -- каменным топором колют Мартина Мартиныча на куски. Кусок Мартина Мартиныча глиняно улыбался Маше и молол на кофейной мельнице сушеную картофельную шелуху для лепешек -- и кусок Мартина Мартиныча, как с воли залетевшая в комнату птица, бестолково, слепо тукался в погодок, в стекла, в стены: "Где бы дров -- где бы дров -- где бы дров".

Мартин Мартиныч надел пальто, сверху подпоясался кожаным поясом (у пещерных людей миф, что от этого теплее), в углу у шифоньера громыхнул ведром.

-- Ты куда, Март?

-- Я сейчас. За водой вниз.

На темной, обледенелой от водяных сплесков лестнице постоял Мартин Мартиныч, покачался, вздохнул и, кандально позвякивая ведерком, спустился вниз, к Обертышевым; у них еще шла вода. Дверь открыл сам Обертышев, в перетянутом веревкой пальто, давно не бритый, лицо -- заросший каким-то рыжим, насквозь пропыленным бурьяном пустырь. Сквозь бурьян -- желтые каменные зубы, и между камней -- мгновенный ящеричный хвостик -- улыбка.

-- А, Мартин Мартиныч! Что, за водичкой? Пожалуйте, пожалуйте, пожалуйте.

В узенькой клетке между наружной и внутренней дверью с ведром не повернуться -- в клетке обертышевские дрова. Глиняный Мартин Мартиныч боком больно стукался о дрова -- в глине глубокая вмятина. И еще глубже: в темном коридоре об угол комода.

Через столовую. В столовой -- обертышевская самка и трое обертышат; самка торопливо спрятала под салфеткой миску: пришел человек из другой пещеры -- и бог знает, вдруг кинется, схватит.

В кухне, отвернув кран, каменнозубо улыбался Обертышев:

-- Ну что же: как жена? Как жена? Как жена?

-- Да что, Алексей Иваныч, все то же. Плохо. И вот завтра -- именины, а у меня топить нечем.

-- А вы, Мартин Мартиныч, стульчиками, шкафчиками... Книги тоже: книги отлично горят, отлично, отлично...

-- Да ведь вы же знаете: там вся мебель, все -- чужое, один только рояль...

-- Так, так, так... Прискорбно, прискорбно!

Слышно в кухне: вспархивает, шуршит крыльями залетевшая птица, вправо, влево -- и вдруг отчаянно, с маху в стену всей грудью:

-- Алексей Иваныч, я хотел... Алексей Иваныч, нельзя ли у вас хоть пять-шесть полен...

Желтые каменные зубы сквозь бурьян, желтые зубы -- из глаз, весь Обертышев обрастал зубами, все длиннее зубы.

-- Что вы, Мартин Мартиныч, что вы, что вы! У нас у самих... Сами знаете, как теперь все, сами знаете, сами знаете...

Туже узел! Туже -- еще туже! Закрутил себя Мартин Мартиныч, поднял ведро -- и через кухню, через темный коридор, через столовую. На пороге столовой Обертышев сунул мгновенную, ящерично-юркую руку:

-- Ну, всего... Только дверь, Мартин Мартиныч, не забудьте прихлопнуть, не забудьте. Обе двери, обе, обе -- не натопишься!

На темной обледенелой площадке Мартин Мартиныч

поставил ведро, обернулся, плотно прихлопнул первую дверь. Прислушался, услыхал только сухую костяную дрожь в себе и свое трясущееся -- пунктирное, точечками -- дыхание. В узенькой клетке между двух дверей протянул руку, нащупал -- полено, и еще, и еще... Нет! Скорей выпихнул себя на площадку, притворил дверь. Теперь надо только прихлопнуть поплотнее, чтобы щелкнул замок...

И вот -- нет силы. Нет силы прихлопнуть Машино завтра. И на черте, отмеченной чуть приметным пунктирным дыханием, схватились насмерть два Мартин Мартиныча: тот, давний, со Скрябиным, какой знал: нельзя -- и новый, пещерный, какой знал: нужно. Пещерный, скрипя зубами, подмял, придушил -- и Мартин Мартиныч, ломая ногти, открыл дверь, запустил руку в дрова... полено, четвертое, пятое, под пальто, за пояс, в ведро -- хлопнул дверью и вверх -- огромными, звериными скачками. Посередине лестницы, на какой-то обледенелой ступеньке -- вдруг пристыл, вжался в стену: внизу снова щелкнула дверь -- и пропыленный обертышевский голос:

-- Кто там? Кто там? Кто там?

-- Это я, Алексей Иваныч. Я... я дверь забыл... Я хотел... Я вернулся -- дверь поплотнее...

-- Вы? Гм... Как же это вы так? Надо аккуратнее, надо аккуратнее. Теперь все крадут, сами знаете, сами знаете. Как же это вы так?

Двадцать девятое. С утра -- низкое, дырявое, ватное небо, и сквозь дыры несет льдом. Но пещерный бог набил брюхо с самого утра, милостиво загудел -- и пусть там дыры, пусть обросший зубами Обертышев считает поленья -- пусть, все равно: только бы сегодня; "завтра" -- непонятно в пещере; только через века будут знать "завтра", "послезавтра".

Маша встала и, покачиваясь от невидимого ветра, причесалась постарому: на уши, посередине пробор. И это было -- как последний, болтающийся на голом дереве, жухлый лист. Из среднего ящика письменного стола Мартин Мартиныч вытащил бумаги, письма, термометр, какой-то синий флакончик (торопливо сунул его обратно -- чтобы не видела Маша) -- и, наконец, из самого дальнего угла черную лакированную коробочку: там, на дне, был еще настоящий -- да, да, самый настоящий чай! Пили настоящий чай. Мартин Мартиныч, запрокинув голову, слушал такой похожий на прежний голос:

-- Март, а помнишь: моя синенькая комната, и пианино в чехле, и на пианино -- деревянный конек -- пепельница, и я играла, а ты подошел сзади...

Да, в тот вечер была сотворена вселенная, и удивительная, мудрая морда луны, и соловьиная трель звонков в коридоре.

-- А помнишь, Март: открыто окно, зеленое небо -- и снизу, из другого мира -- шарманщик?

Шарманщик, чудесный шарманщик -- где ты?

-- А на набережной... Помнишь? Ветки еще голые, вода румяная, и мимо плывет синяя льдина, похожая на гроб. И только смешно от гроба, потому что ведь мы -- никогда не умрем. Помнишь?

Внизу начали колоть каменным топором. Вдруг перестали, какая-то беготня, крик. И, расколотый надвое, Мартин Мартиныч одной половиной видел бессмертного шарманщика, бессмертного деревянного конька, бессмертную льдину, а другой -- пунктирно дыша -- пересчитывал вместе с Обертышевым поленья дров. Вот уж Обертышев сосчитал, вот надевает пальто, весь обросший зубами, -- свирепо хлопает дверью, и...

-- Погоди, Маша, кажется -- у нас стучат.

Нет. Никого. Пока еще никого. Еще можно дышать, еще можно запрокинуть голову, слушать голос -- такой похожий на тот, прежний.

Сумерки. Двадцать девятое октября состарилось. Пристальные, мутные, старушечьи глаза -- и все ежится, сморщивается, горбится под пристальным взглядом. Оседает сводами потолок, приплюснулись кресла, письменный стол, Мартин Мартиныч, кровати, и на кровати -- совсем плоская, бумажная Маша.

В сумерках пришел Селихов, домовый председатель. Когда-то он был шестипудовый -- теперь уже вытек наполовину, болтался в пиджачной скорлупе, как орех в погремушке. Но еще по-старому погромыхивал смехом.

-- Ну-с, Мартин Мартиныч, во-первых-во-вторых, супругу вашу -- с тезоименитством. Как же, как же! Мне Обертышев говорил...

Мартина Мартиныча выстрелило из кресла, понесся, заторопился -- говорить, что-нибудь говорить...

-- Чаю... я сейчас -- я сию минуту... У нас сегодня -- настоящий.

Понимаете: настоящий! Я его только что...

-- Чаю? Я, знаете ли, предпочел бы шампанского. Нету? Да что вы! Гра-гра-гра! А мы, знаете, с приятелем третьего дня из гофманских гнали спирт. Потеха! Налакался... "Я, -- говорит, -- Зиновьев: на колени!" Потеха! А оттуда домой иду -- на Марсовом поле навстречу мне человек в одном жилете, ей-богу! "Что это вы?" -- говорю. "Да ничего, -- говорит... -- Вот раздели сейчас, домой бегу на Васильевский". Потеха!

Приплюснутая, бумажная, смеялась на кровати Маша. Всего себя завязав в тугой узел, все громче смеялся Мартин Мартиныч -- чтобы подбросить в Селихова дров, чтобы он только не перестал, чтобы только не перестал, чтобы о чем-нибудь еще...

Селихов переставал, чуть пофыркивая, затих. В пиджачной скорлупе болтнулся вправо и влево; встал.

-- Ну-с, именинница, ручку. Чик! Как, вы не знаете? По-ихнему честь имею кланяться -- ч.и.к. Потеха!

Громыхал в коридоре, в передней. Последняя секунда -- сейчас уйдет, или -- ...

Пол чуть-чуть покачивался, покруживался у Мартина Мартиныча под ногами. Глиняно улыбаясь, Мартин Мартиныч придерживался за косяк. Селихов пыхтел, заколачивая ноги в огромные боты.

В ботах, в шубе, мамонтоподобный -- выпрямился, отдышался. Потом молча взял Мартин Мартиныча под руку, молча открыл дверь в полярный кабинет, молча сел на диван.

Пол в кабинете -- льдина; льдина чуть слышно треснула, оторвалась от берега -- и понесла, понесла, закружила Мартина Мартиныча, и оттуда -- с диванного, далекого берега -- Селихова еле слыхать.

-- Во-первых-во-вторых, сударь мой, должен вам сказать: я бы этого Обертышева, как гниду, ей-богу... Но сами понимаете: раз он официально заявляет, раз говорит -- завтра пойду в уголовное... Этакая гнида! Я вам одно могу посоветовать: сегодня же, сейчас же к нему -- и заткните ему глотку этими самыми поленьями.

Льдина -- все быстрее. Крошечный, сплюснутый, чуть видный -- так, щепочка -- Мартин Мартиныч ответил -- себе, и не о поленьях... поленья -- что! -- нет, о другом:

-- Хорошо. Сегодня же. Сейчас же.

-- Ну вот и отлично, вот и отлично! Это -- такая гнида, такая гнида, я вам скажу...

В пещере еще темно. Глиняный, холодный, слепой -- Мартин Мартиныч тупо натыкался на потопно перепутанные в пещере предметы. Вздрогнул: голос, похожий на Машин, на прежний...

-- О чем вы там с Селиховым? Что? Карточки? А я, Март, все лежала и думала: собраться бы с духом -- и куда-нибудь, чтоб солнце... Ах, как ты гремишь! Ну как нарочно. Ведь ты же знаешь -- я не могу, я не могу, я не могу!

Ножом по стеклу. Впрочем -- теперь все равно. Механические руки и ноги. Поднимать и опускать их -- нужно какими-то цепями, лебедкой, как корабельные стрелы, и вертеть лебедку -- одного человека мало: надо троих. Через силу натягивая цепи, Мартин Мартиныч поставил разогреваться чайник, кастрюльку, подбросил последние обертышевские поленья.

-- Ты слышишь, что я тебе говорю? Что ж ты молчишь? Ты слышишь?

Это, конечно, не Маша, нет, не ее голос. Все медленней двигался Мартин Мартиныч, ноги увязали в зыбучем песке, все тяжелее вертеть лебедку. Вдруг цепь сорвалась с какого-то блока, стрела-рука -- ухнула вниз, нелепо задела чайник, кастрюльку -- загремело на пол, пещерный бог змеино шипел. И оттуда, с далекого берега, с кровати -- чужой, пронзительный голос:

-- Ты нарочно! Уходи! Сейчас же! И никого мне -- ничего, ничего не надо, не надо! Уходи!

Двадцать девятое октября умерло, и умер бессмертный шарманщик, и льдины на румяной от заката воде, и Маша. И это хорошо. И нужно, чтоб не было невероятного завтра, и Обертышева, и Селихова, и Маши, и его -- Мартина Мартиныча, чтоб умерло все.

Механический, далекий Мартин Мартиныч еще делал что-то. Может быть, снова разжигал печку, и подбирал с полу кастрюльку, и кипятил чайник, и, может быть, что-нибудь говорила Маша -- не слышал: только тупо ноющие вмятины на глине от каких-то слов, и от углов шифоньера, стульев, письменного стола.

Мартин Мартиныч медленно вытаскивал из письменного стола связки писем, термометр, сургуч, коробочку с чаем, снова -- письма. И наконец, откуда-то, с самого со дна, темно-синий флакончик.

Десять: дали свет. Голый, жесткий, простой, холодный -- как пещерная жизнь и смерть -- электрический свет. И такой простой -- рядом с утюгом, 74-м опусом, лепешками -- синий флакончик. Чугунный бог милостиво загудел, пожирая пергаментно-желтую, голубоватую, белую бумагу писем. Тихонько напомнил о себе чайник, постучал крышкой. Маша обернулась:

-- Скипел чай? Март, милый, дай мне -...

Увидела. Секунда, насквозь пронизанная ясным, голым, жестоким электрическим светом: скорченный перед печкой Мартин Мартиныч; на письмах -- румяный, как вода на закате, отблеск; и там -- синий флакончик.

-- Март! Ты... ты хочешь...

Тихо пожирая бессмертные, горькие, нежные, желтые, белые, голубые слова -- тихонько мурлыкал чугунный бог. И Маша -- так же просто, как просила чаю:

-- Март, милый! Март -- дай это мне!

Мартин Мартиныч улыбнулся издалека:

-- Но ведь ты же знаешь. Маша: там -- только на одного.

-- Март, ведь меня все равно уже нет. Ведь это уже не я -- ведь все равно я скоро... Март, ты же понимаешь -- Март, пожалей меня... Март!

Ах, тот самый -- тот самый голос... И если запрокинуть голову вверх...

-- Я, Маша, тебя обманул: у нас в кабинете -- ни полена. И я пошел к Обертышеву, и там между дверей... Я украл -- понимаешь? И Селихов мне... Я должен сейчас отнести назад -- а я все сжег -- я все сжег -- все! Я не о поленьях, поленья -- что! -- ты же понимаешь?

Равнодушно задремывает чугунный бог. Потухая, чуть вздрагивают своды пещеры, и чуть вздрагивают дома, скалы, мамонты, Маша.

-- Март, если ты меня еще любишь... Ну, Март, ну вспомни! Март, милый, дай мне!

Бессмертный деревянный конек, шарманщик, льдина. И этот голос... Мартин Мартиныч медленно встал с колен. Медленно, с трудом ворочая лебедку, взял со стола синий флакончик и подал Маше.

Она сбросила одеяло, села на постели, румяная, быстрая, бессмертная -- как тогда вода на закате, схватила флакончик, засмеялась.

-- Ну вот видишь: недаром я лежала и думала -- уехать отсюда. Зажги еще лампу -- ту, на столе. Так. Теперь еще что-нибудь в печку -- я хочу, чтобы огонь...

Мартин Мартиныч, не глядя, выгреб какие-то бумаги из стола, кинул в печь.

-- Теперь... Иди погуляй немного. Там, кажется, луна -- моя луна: помнишь? Не забудь -- возьми ключ, а то захлопнешь, а открыть -- ...

Нет, там луны не было. Низкие, темные глухие облака -- своды -- и все -- одна огромная, тихая пещера. Узкие, бесконечные проходы между стен; и похожие на дома темные, обледенелые скалы; и в скалах -- глубокие, багрово-освещенные дыры: там, в дырах, возле огня -на корточках люди. Легкий ледяной сквознячок сдувает из-под ног белую пыль, и никому не слышная -- по белой пыли, по глыбам, по пещерам, по людям на корточках -- огромная, ровная поступь какого-то мамонтейшего мамонта.

БОЛЬШИМ ДЕТЯМ СКАЗКИ

1917--1920

ИВАНЫ

А еще была такая деревня Иваниха, все мужики Иваны, а только прозвища разные: Самоглот Иван (во сне себе ухо сжевал), Оголтень Иван, Носопыр Иван, Соленые Уши Иван, Белены Объелся Иван, Переплюй Иван, -- и не перечесть, а только Переплюй -- самый главный ихний. Которые скородят, сеют, а Иваны -- брюхами кверху да в небо плюют: кто переплюнет.

-- Эх вы, Иваны! Пшеницу бы сеяли!

А Иваны только сквозь зубы: цырк.

-- Вот на новых землях, слыхать, действительно поше-ница: первый сорт, в огурец зерно. Это -- пошеница, да...

И опять: кто кого переплюнет.

Лежали этак -- лежали, и привалило Иванам счастье невесть откуда. Топот по дороге, пыль столбом -- конный по Иванихе, объявление привез: которые Иваны на новые земли желают -- пожалуйте.

Осенили себя Иваны крестным знамением, изо всей мочи -- за хвост конному, и понесло, только рябь в глазах: церковь --

поле, поле -- церковь.

Спустил конный: ни жилья, ничего, на сто верст кругом -- плешь, и только по самой по середке крапивища стоит, да какая: будылка в обхват, на верхушку глянь -- шапка свалится, а стрекнет -- волдыри в полтинник. Колупнули Иваны землю: черная -- вар сапожный, жирная -- масло коровье.

Ну, братцы, скидавай котомы: самая она и есть -- первый сорт.

В кружок сели, краюху пожевали с солью. Испить бы -- да и за дело. Туда-сюда: нету воды. Делать нечего, надо колодец рыть.

Взялись, это. Земля -- праховая, легкая, знай комья летят. А Переплюй нет-нет да и остановится, глаза прижмурит.

-- Ой, братцы, должно быть, и вода же тут: сладчища, не то что у нас...

А тут как раз об камень железо -- дрынь! Каменина здоровый. Вывернули -- ключ забил. Черпанули в корцы, попили: холодная, чистая, а вода как вода.

Переплюй только сквозь зубы -- цырк:

-- Этакой-то в Иванихе сколько хошь. Глубже бери: тут первый сорт должна быть, а не то что...

Рыли-рыли, до темной ночи рыли: все то же. Под крапивищей ночь проворочались, с утра опять рыть. А уж глубь, жуть в колодце, черви какие-то пошли, поганые, голые, розовые, мордастые. Роют-пороют, пристанут Иваны, призадумаются. А Переплюй сверху -- еле-еле слыхать:

-- Глубже, братцы, бери! Самую еще малость нажать! И дошли тут до какого-то сузему: крепкий -- скрябка не берет, и вода мешает -- воды порядочно, все такая же, как в Иванихе. Лом взяли: тукнут, а оттуда гук идет, как из бочки, пещера, что ли. Тукнули, это, еще посильней: как загудит все -- да вниз, и вода вниз, и щебень, и комья, и инструмент весь, глаза запрашило, оглохли, еле на прилипочке каком-то сами удержались.

Протерли глаза Иваны, глянули под ноги... С нами крестная сила! Дыра -- а в дыре небо синее. Вверх глянули: далеко, чуть светится небо синее. С нами крестная сила: проколупали землю насквозь!

Сробели, шапки в охапку да наверх драла: Самоглот -- Оголтню на плечи, Оголтень -- Носопыру, Носопыр -- на Соленые Уши, Соленые Уши -- на Белены Объелся, так и выбрались.

Выбрались -- первым делом Переплюю бока намяли. Манатки в котомы да назад в Иваниху: без воды, без инструмента куда же теперь? Только и утехи, что по щепоти новой земли в Иваниху притащили.

Соседям показывают, а соседи не верят:

-- Бреши, бреши больше; кабы такая земля где была, так неужто бы назад вернулись?

А про это, как насквозь проколупали, никак и рассказать нельзя: засмеют. Так брехунами Иваны и прослыли, и по сю пору никто не верит, будто на новых землях были. А ведь были же.

1920

ХРЯПАЛО

Тряхнуло -- посыпались сверху звезды, как спелые груши. Опустел небесный свод, стал как осеннее желтое поле: только ветер над желтой щетиной гудит неуютно, и на краю, на дальней дороге, медленно ползут два черных человека-козявки. Так ползли в пустом небе солнце и месяц, черные, как бархатные ризы на службе в Великий Пяток: черные, чтоб светлее сияло Воскресение.

Тут-то и попер по земле Хряпало. Ступни медвежачьи, култыхается, то на правую ногу, то на левую. Мертвая голова вепря -- белая, зажмуренная, лысая: только сзади прямые патлы, как у странника, до плеч. И на брюхе -- лицо, вроде человечьего, с зажмуренными глазами, а самое где пуп у людей -- разинается пасть.

В поле под озимое орал дед Кочетыг. Штаны пестрядинные, рубаха посконная, волосы веревочкой подвязаны, чтобы в глаза не лезли. Глянет в небо дед: жуть. А пахать все равно надо. Такое уж дело.

И сзади Хряпало наперся на деда: глаза у Хряпалы только так, для порядку, а разожмурить не может, по чем ни по-падя прет.

-- Ты кто такой? -- деду говорит; где пуп у людей -- разинул Хряпало пасть -- брюхом говорит. -- Ты чего на моей дороге? -- другую пасть раздявил, вепрячью, -- хряп: одни дедовы лапти наружи.

Еле-еле слыхать, будто из-под земли, дедов голос:

— А хлеб как же? Хлеба не будет...

А Хряпало — брюхом:

— А мне наплевать... — только и видели деда.

На просеке девчушка Оленка цветы собирала — первые колокольцы весенние. Мелькают босые ноги, белые между колокольцев, и сама, как золотой колоколец, заливается: про свекровь-матушку, про лиха мужа, — за сердце берет.

Споткнулся Хряпало на Оленку:

— Ты чего на дороге? — хряп: одни пятки босые забились белые.

Из глуби только и успела крикнуть Оленка:

— А песня...

— А мне наплевать, — пробрюхал Хряпало и последнее заглотил — белые пятки.

Где ни пройдет Хряпало — пусто, и только сзади него останется — помет сугробами.

Так бы и перевелась людь на земле, да нашелся тут человек, офеня, и фамилия у него какая-то обыкновенная, не то Петров, не то Сидоров, и ничего особенного, а просто сметливый, ярославский.

Приметил офеня: не оборачивается Хряпало, все прямо прет, невозможно ему оборачиваться.

И с ухмылочкой ярославской поплелся офеня тихонько за Хряпалой. Не больно оно сладко, конечно: не продохнуть по колена в сугробах этих самых, да зато — верное дело.

За ярославским офеней и другие смекнули: глядь, уж за Хряпалой — чисто крестный ход, гужом идут. Разве только дураки какие, вовсе петые, не спопашились за спину Хряпа-лову от Хряпалы спрятаться.

Петых дураков Хряпало живо докончил и без пропитания околел, конечно. А ярославский народ зажил припеваючи и Господа Бога благодарил: жирная земля стала, плодородная от помета, урожай будет хороший.

1920

АРАПЫ

На острове на Буяне — речка. На этом берегу — наши, краснокожие, а на том — ихние живут, арапы.

Нынче утром арапа ихнего в речке поймали. Ну так хорош, так хорош: весь -- филейный. Супу наварили, отбивных нажарили -- да с лучком, с горчицей, с малосольным нежинским... Напитались: послал Господь!

И только было вздремнуть легли -- воп, визг: нашего уволокли арапы треклятые. Туда-сюда, а уж они его освежевали и на углях шашлык стряпают.

Наши им -- через речку:

-- Ах, людоеды! Ах, арапы вы этакие! Вы это что ж это, а?

-- А что? -- говорят.

-- Да на вас что -- креста, что ли, нету? Нашего, краснокожего, лопаете. И не совестно?

-- А вы из нашего -- отбивных не наделали? Энто чьи кости-то лежат?

-- Ну что за безмозглые! Да-к ведь мы вашего арапа ели, а вы -- нашего, краснокожего. Нешто это возможно? Вот, дай-ка, вас черти-то на том свете поджарят!

А ихние, арапы, -- глазищи белые вылупили, ухмыляются да знай себе -- уписывают. Ну до чего бесстыжий народ: одно слово -- арапы. И уродятся же на свет этакие!

1920

ХАЛДЕЙ

Сидел Халдей с логорифмами, тридцать лет и три года логарифмировал, на тридцать четвертый придумал трубу диковинную: видать через трубу все небо близехонько, ну будто вот через улицу. Все настоящо видно, какие там у них жители на звездах, и какие вывески, и какие извозчики. Оказалось -- все, как у нас: довольно скучно. Махнул рукой Халдей: эх... -- и загорился.

А уж слух пробежал про трубу Халдееву, народ валом валит -- на звезды поглядеть: какие там у них жители. Ну прямо додору нет до трубы, в очередь стали, в затылок.

И дошел черед до веселой девицы Катюшки: веселая, а глаза -- васильки, синие. Околдовала глазами Халдея, пал Халдей на белые травы, и нет ему слаще на свете Катюшки-ных губ.

Катюшка и говорит Халдею:

-- А небо-то нынче какое. На небо-то глянь!

-- Да чего там, видал я: и глядеть нечего.

-- Нет, ты погляди.

Хи-итрая: подвела Халдея к трубе не с того конца, не с смотрячего, а с другого, ну, где стекла-то маленькие.

Глянул Халдей: бог знает где небо -- далеко. Месяц маленький, с ноготок: золотой паук золотую паутину плетет и себе под нос мурлычет, как кот. А небо -- темный луг весенний, и дрожат на лугу купальские огненные цветы, лазоревые, алые, жаркие: протянуть руку -- и несметный купальский клад -- твой.

И еще вспомнилось Халдею -- когда маленький был: в Чистый Четверг на том берегу -- от стояния народ идет, и несут домой четверговые свечки.

Сразу -- тридцать три года и логарифмы с плеч долой. Набежали на глаза слезы, поклонился Халдей в ноги девице веселой:

-- Ну, Катюшка, век не забуду: научила глядеть.

1920

ЦЕРКОВЬ БОЖИЯ

Порешил Иван церковь Богу поставить. Да такую -- чтоб небу жарко, чертям тошно стало, чтоб на весь мир про Иванову церковь слава пошла.

Ну, известно: церковь ставить -- не избу рубить, денег надо порядочно. Пошел промышлять денег на церковь Божию.

А уж дело было к вечеру. Засел Иван в логу под мостом. Час, другой -- затопали копыта, катит тройка по мосту: купец проезжий.

Как высвистнет Иван Змей Горынычем -- лошади на дыбы, кучер -- бряк оземь, купец в тарантасе от страху -- как лист осиновый.

Упокоил кучера -- к купцу приступил Иван:

-- Деньги давай.

Купец -- ну клясться-божиться: какие деньги?

-- Да ведь на церковь, дурак: церковь хочу построить. Давай.

Купец клянется-божится: "сам построю". А-а, сам? Ну-ка?

Развел Иван костер под кустом, осенил себя крестным знамением -- и стал купцу лучинкою пятки поджаривать. Не стерпел купец, открыл деньги: в правом сапоге -- сто тыщ да в левом еще сто.

Бухнул Иван поклон земной:

-- Слава тебе, Господи! Теперича будет церковь.

И костер землей закидал. А купец охнул, ноги к животу подвел -- и кончился. Ну что поделаешь: Бога для ведь.

Закопал Иван обоих, за упокой души помянул, а сам в город: каменщиков нанимать, столяров, богомазов, золотильщиков. И на том самом месте, где купец с кучером закопаны, вывел Иван церковь -- выше Ивана Великого. Кресты в облаках, маковки синие с звездами, колокола малиновые: всем церквам церковь.

Кликнул Иван клич: готова церковь Божия, все пожалуйте. Собралось народу видимо-невидимо. Сам архиерей в золотой карете приехал, а попов -- сорок, а дьяконов -- сорок сороков. И только, это, службу начали -- глядь, архиерей пальцем Ивану вот так вот.

-- Отчего, -- говорит, -- у тебя тут дух нехороший? Поди старушкам скажи: не у себя, мол, они на лежанке, а в церкви Божией.

Пошел Иван, старушкам сказал, вышли старушки; нет: опять пахнет! Архиерей попам мигнул: заладили все сорок попов; что такое? -- не помогает. Архиерей -- дьяконам: замахали дьякона в сорок сороков кадил: еще пуще дух нехороший, не продохнуть, и уж явственно: не старушками -- мертвой человечиной пахнет, ну просто стоять невмочь. И из церкви народ -- дьякона тишком, а попы задом: один архиерей на орлеце посреди церкви да Иван перед ним -- ни жив ни мертв.

Поглядел архиерей на Ивана -- насквозь, до самого дна -- и ни слова не сказал, вышел.

И остался Иван сам-один в своей церкви: все ушли, не стерпели мертвого духа.

1920

БЯКА И КАКА

В печурке у мужика -- пух утиный сушился. И завелись в пуху Бяка да Кака. Вроде черных тараканов, а только побольше, рук две, ног две, а язык один -- дли-инный: пока маленькие были, сами себя языком, вместо свивальника, пеленали.

Хорошенькие такие, богомольные -- мужик на ночь --

Троеручице поклоны бьет, а Бяка да Кака сзади -- спине мужиковой. Днем из избы сор носили; по престольным праздникам, в новых красных рубашечках, мужика поздравляли. И до масленицы было -- как нельзя лучше.

На масленице -- принес браги мужик: такая брага -- все вверх дном. Рожи, харчи, нечистики; ухваты -- по горшкам, черепки; изба -- трыкнула и самоходом пошла -- куда глаза глядят. А мужик -- без задних ног и на брюхе -- огарок догорает, потрескивает: вот-вот мужикова рубаха займется.

Бяка да Кака со всех ног кинулись: огарок тушить.

-- Да пусти ты: я потушу.

-- Нет ты пусти: я...

-- Я мужика больше люблю; а ты -- так себе, я зна-аю!

-- Нет я больше. А ты Бяка!

-- Я -- Бяка? А ты -- Кака! Что, ага?

Да в ус, да в рыло -- и клубком по полу. Катались-катались, а от огарка -- рубаха, от рубахи -- мужик, от мужика -- изба. И с мужиком, с избой вместе -- Бяка и Кака: от всего -- одна сажа.

1920

ЧЕТВЕРГ

Жили в лесу два брата: большенький и меньшенький. Большенький -- неграмотный был, а меньшенький -- книгочей. И близко Пасхи заспорили между себя. Большенький говорит:

-- Светлое Воскресенье, разговляться надо.

А меньшенький в календарь поглядел.

-- Четверг еще, -- говорит.

Большенький ничего малый, а только нравный очень, заворотень, слова поперек не молви. Осерчал большенький -- с топором полез:

-- Так не станешь разговляться? Четверг, говоришь?

-- Не стану. Четверг.

-- Четверг, такой-сякой? -- зарубил меньшенького большенький топором -- и под лавку.

Вытопил печку, разговелся большенький чем Бог послал, под святыми сел -- доволен. А за теплой печкой -- вдруг сверчок:

-- Чтверг-чтверг. Чтверг-чтверг.

Осерчал большенький, под печку полез -- за сверчком. Лазил-лазил, вылез в сопухе весь, страшный, черный: изловил сверчка и топором зарубил. Упарился, окошко открыл, сел под святыми, доволен: ну, теперь кончено.

А под окошком -- откуда ни возьмись -- воробьи:

-- Четверг, четверг, четверг!

Осерчал большенький еще пуще, погнал с топором за воробьями. Уж он гонялся-гонялся, какие улетели, каких порубил воробьев.

Ну, слава Богу: зарубил слово проклятое: четверг. Инда топор затупился.

Стал топор точить, -- а топор об камень:

-- Четверг. Четверг. Четверг.

Ну, уж коли и топор про четверг -- дело дрянь. Топор обземь, в кусты забился, так до Светлого Воскресенья большенький и пролежал.

В Светлое Воскресенье -- меньшенький брат воскрес, конечно. Из-под лавки вылез -- да и говорит старшему:

-- Будет, вставай. Вздумал, дурак: слово зарубить. Ну уж ладно: давай похристосуемся.

1917

ОГНЕННОЕ А

Которые мальчики очень умные -- тем книжки дарят. Мальчик Вовочка был очень умный -- и подарили ему книжку: про марсиан.

Лег Вовочка спать -- куда там спать: ушки -- горят, щечки -- горят. Марсиане-то ведь, оказывается, давным-давно знаки подают нам на землю, а мы-то! Всякой ерундой занимаемся: историей Иловайского. Нет, так больше нельзя.

На сеновале -- Вовочка и трое второклассников, самых верных. Иловайского -- в угол. Четыре головы -- над бумажкой: чертят карандашом, шу-шу, шу-шу, ушки горят, щечки горят...

За ужином большие читали газету: про хлеб, забастовки -- и спорят, и спорят -- обо всякой ерунде.

-- Ты, Вовка, чего ухмыляешься?

-- Да уж больно вы чудные: марсиане нам знаки подают, а вы -- про всякую ерунду.

-- А ну тебя с марсианами... -- про свое опять. Глупые большие!

Заснули наконец. Вовочка -- как мышь: сапоги, брюки, куртку. Зуб на зуб не попадает, в окошко прыг! -- и на пустой монастырский выгон за лесным складом купца Заголяшкина.

Четверо второклассников, самых верных, натаскали дров купца Заголяшкина. Сложили из дров букву А -- и заполыхало на выгоне огненное А для марсиан, колоссальное огненное А: в пять сажен длиной.

-- Трубу!.. Трубу наводи скорее!

Навел мальчик Вовочка подзорную трубу, трясется труба.

-- Сейчас... кажется... Нет еще... Сейчас-сейчас...

Но на Марсе -- по-прежнему. Марсиане занимались своим делом и не видели огненного А мальчика Вовочки. Ну, стало быть, завтра увидят.

Уж завтра -- обязательно.

-- Ты чего нынче, Вовочка, чисто именинник?

-- Такой нынче день. Особенный.

А какой -- не сказал: все одно, не поймут глупые большие, что именно нынче начнется новая, междупланетная, эпоха истории Иловайского: уж нынче марсиане -- обязательно...

И вот -- великая ночь. Красно-огненное А, четыре багровых тени великих второклассников. И уж наведена и дрожит труба...

Но заголяшкинский сторож Семен -- в эту ночь не был пьян. И только за трубу -- Семен сзади:

-- Ах-х вы, канальи! Дрова-а переводить зря? Держи-держи-держи! Стой-стой!

Трое самых верных -- через забор. Мальчика Вовочку заголяшкинский сторож изловил и, заголивши, высек.

А с утра великих второклассников глупые большие засадили за историю Иловайского: до экзамена один день.

1918

ПЕРВАЯ СКАЗКА ПРО ФИТУ

Завелся Фита самопроизвольно в подполье полицейского правления. Сложены были в подполье старые исполненные дела, и слышит Ульян Петрович, околоточный, -- все кто-то скребется, потукивает. Открыл Ульян Петрович: пыль -- не

прочихаешься, и выходит серенький, в пыли, Фита. Пола --
преимущественно мужского, красная сургучная печать за
нумером на веревочке болтается. Капельный, как младенец, а
вида почтенного, лысенький и с брюшком, чисто надворный
советник, и лицо -- не лицо, а так -- Фита, одним словом.

Очень Фита понравился околоточному Ульяну Петровичу:
усыновил его околоточный и тут же в уголку, в канцелярии,
поселил -- и произрастал Фита в уголку. Понатаскал из
подполья старых рапортов, отношений за нумером, в
рамочках в уголку своем развесил, свечку зажег -- и молится
степенно, только печать эта болтается.

Раз Ульян Петрович приходит -- отец-то названый, -- а Фита,
глядь, к чернильнице припал и сосет.

-- Эй, Фитька, ты чего же это, стервец, делаешь?

-- А чернила, -- говорит, -- пью. Тоже чего-нибудь мне надо.

-- Ну ладно, пей, чернила-то казенные.

Так и питался Фита чернилами.

И до того дошло -- смешно даже сказать: посусолит перо во
рту -- и пишет, изо рта у Фиты -- чернила самые настоящие,
как во всем полицейском правлении. И все это Фита разные
рапорты, отношения, предписания строчит и в углу у себя
развешивает.

-- Ну, Фита, -- околоточный говорит, отец-то названый, --
быть тебе, Фита, губернатором.

Так, по предсказанному Ульян Петричем, и вышло: в
одночасье стал Фита губернатором.

А год был тяжелый -- ну какой там, этот самый: и холера, и
голод.

Прикатил Фита в губернию на курьерских, жителей собрал
немедля -- и ну разносить:

-- Эт-то что у вас такое? Холера, голод? И -- я вас! Чего
смотрели, чего делали?

Жители очесываются:

-- Да-к мы что ж, мы ничего. Доктора вот -- холерку
излечивали маленько. Опять же к скопским за хлебом
спосылать...

-- Я вам -- доктора! Я вам -- скопских!

Посусолил Фита перо:

"Предписание N 666. Сего числа, вступив надлежаще в
управление, голод в губернии мною строжайше отменяется.
Сим строжайше предписывается жителям немедля быть

сытыми. Фита".

"Предписание N 667. Сего числа предписано мною незамедлительно прекращение холеры. Ввиду вышеизложенного сим увольняются сии, кои самовольно именуют себя докторами. Незаконно объявляющие себя больными холерой подлежат законному телесному наказанию. Фита".

Прочитали предписания в церквах, расклеили по всем по заборам. Жители отслужили благодарственный молебен и в тот же день воздвигли Фите монумент на базарной площади. Фита похаживал степенный, лысенький, с брюшком, печатью этой самой поматывал да знай себе пофыркивал: так индюк важно ходит и чиркает крыльями по пыли.

Прошел день и другой. На третий -- глядь, холерный заявился в самую Фитину канцелярию: стоит там и корчится -- ведь вот, не понимает народ своей пользы. Велел ему Фита всыпать законное телесное наказание. А холерный вышел -- и противоправительственно помер.

И пошли, и пошли мереть -- с холеры и с голоду, и уж городовых не хватало для усмирения преступников.

Почесались жители и миром решили: докторов вернуть и за скопским хлебом послать. А Фиту из канцелярии вытащили и учить стали -- по-мужицки, народ необразованный, темный.

И рассказывают, кончился Фита так же не по-настоящему, как и начался: не кричал и ничего, а только все меньше и меньше, и таял, как надувной американский черт. И осталось только чернильное пятно да эта самая его сургучная печать за нумером.

Поглядели жители: антихристова печать. В тряпочку завернули, чтобы руками не трогать, и закопали у ограды кладбищенской.

1917

ВТОРАЯ СКАЗКА ПРО ФИТУ

Указом Фита отменил холеру. Жители водили хороводы и благоденствовали. А Фита дважды в день ходил в народ, беседуя с извозчиками и одновременно любуясь монументом.

-- А что, братцы, кому монумент-то, знаете?

-- Как, барин, не знать: господину исполняющему Фите.

-- Ну, то-то вот. Не надо ли вам чего? Все могу, мне недолго.

А была извозчичья биржа около самого собора. Поглядел извозчик на монумент, на собор поглядел -- да и говорит Фите:

-- Да вот, толковали мы намедни: уж больно нам округ собора ездить несподручно. Кабы да через площадь прямая-то дорога...

Было у Фиты правило: все для народа. И был Фита умом быстр, как пуля. Сейчас это в канцелярию за стол -- и готово:

"Имеющийся градский собор неизвестного происхождения сим предписываю истребить немедля. На месте вышеупомянутого собора учредить прямоезжую дорогу для гг. легковых извозчиков. Во избежание предрассудков исполнение вышеизложенного поручить сарацинам. Подписал Фита".

Утром жители так и обомлели:

-- Собор-то наш, батюшки! В сарацинах весь -- сверху донизу: и на всех пяти главах, и на кресте верхом, и по стенам, как мухи. Да черные, да голые -- только веревочкой препоясаны, и кто зубом, кто шилом, кто дрючком, кто тараном -- только пыль дымит.

И уже синих глав нету, и на синем -- звезд серебряных, и красный древний кирпич кровью проступил на белогрудых стенах.

Жители от слез не прохлебнутся:

-- Батюшка Фита, благодетель ты наш, помилуй! Да уж мы лучше кругалем будем ездить, только собор-то наш, Господи!

А Фита гоголем ходит -- степенный, с брюшком, на сарацин поглядывает: сарацины орудуют -- глядеть любо. Остановился Фита перед жителями -- руки в карманы:

-- Чудаки вы, жители. Ведь я -- для народа. Улучшение путей сообщения для легковых извозчиков -- насущная потребность, а собор ваш -- что? Так, финтифлюшка.

Тут вспомнили жители: не больно давно приходил по собору Мамай татарский, от Мамая откупились -- авось, мол, и от Фиты откупимся. В складчину послали Фите ясак: трех девиц красивейших да чернил четверть.

Разгасился Фита, затопал на жителей:

-- Пошли вон сейчас. Туда же: Ма-ма-ай! Мамай ваш -- мямля, а у меня сказано -- и аминь.

И сарацинам помахал ручкой: гони, братцы, вовсю, уж стадо

домой идет.

Село солнце -- от собора остался только щебень. Своеручно пролинеил Фита мелом по линеечке прямоезжую дорогу. Всю ночь сарацины орудовали -- и к утру пролегла через базарную площадь дорога -- прямая, поглядеть любо.

В начале и в конце дороги водрузили столбы, изукрашенные в будочный чернильный цвет, и на столбах надписание:

"Такого-то года и числа неизвестного происхождения собор истреблен исполняющим обязанности Фитою. Им же воздвигнута сия дорога с сокращением пути легковых извозчиков на 50 саженей".

Базарная площадь была наконец приведена в культурный вид.

1917

ТРЕТЬЯ СКАЗКА ПРО ФИТУ

Жители вели себя отменно хорошо -- и в пять часов пополудни Фита объявил волю, а будочников упразднил навсегда. С пяти часов пополудни у полицейского правления, и на всех перекрестках и у будок -- везде стояли вольные.

Жители осенили себя крестным знамением:

-- Мать пресвятая, дожили-таки. Глянь-ка: в чуйке стоит! Заместо будошника -- в чуйке, а?

И ведь главное что: вольные в чуйках свое дело знали -- чисто будочниками родились. В участок тащили, в участке -- и в хрюкалку, и под микитки -- ну все как надобно. Жители от радости навзрыд плакали:

-- Слава тебе, Господи! Довелось: не кто-нибудь, свои бьют -- вольные. Стой, братцы, армяк скину: вам этак по спине будет сподручней. Вали, братцы! Та-ак... Слава тебе, Господи!

Друг перед дружкой наперебой жители ломились посидеть в остроге: до того хорошо стало в остроге -- просто слов нету. И обыщут тебя, и на замочек запрут, и в глазок заглянут -- все свои же, вольные: слава тебе, Господи...

Однако вскорости мест не хватать стало, и пускали в острог жителей только какие попочетней. А прочие у входа ночь напролет дежурили и билеты в острог перекупали у барышников.

Уж это какой же порядок! И предписал Фита:

"Воров и душегубов предписываю выгнать из острога с позором на все четыре стороны".

Воров и душегубов выгнали на все четыре стороны, и желавшие жители помаленьку в остроге разместились.

Стало пусто на улицах -- одни вольные в чуйках; как-то оно не того. И опубликовал Фита новый указ:

"Сим строжайше предписывается жителям неуклонная свобода песнопений и шествий в национальных костюмах".

Известно, в новинку -- оно трудно. И для облегчения неизвестные люди вручили каждому жителю под расписку текст примерного песнопения. Но жители все-таки стеснялись и прятались по мурьям: темный народ!

Пустил Фита по мурьям вольных в чуйках -- вольные убеждали жителей не стесняться, потому нынче -- воля, убеждали в загривок и под сусало и наконец убедили.

Вечером -- как Пасха... Да что там Пасха!

Повсюду пели специально приглашенные соловьи. По-взводно, в ногу, шли жители в национальных костюмах и около каждого взвода вольные с пушкой. Единогласно и ликующе жители пели, соответственно тексту примерного песнопения:

Славься, славься, наш добрый царь.
Богом нам данный Фита-государь.

А временно исполняющий обязанности Фита раскланивался с балкона.

Ввиду небывалого успеха, жители тут же, у балкона Фиты, под руководством вольных, в единогласном восторге, постановили -- ввести ежедневную повзводную свободу песнопений от часу до двух.

В эту ночь Фита первый раз спал спокойно: жители явственно и быстро просвещались.

1917

ПОСЛЕДНЯЯ СКАЗКА ПРО ФИТУ

А был тоже в городе премудрый аптекарь: человека сделал, да не как мы, грешные, а в стеклянной банке сделал, уж ему ли чего не знать?

И велел Фита аптекаря предоставить.

-- Скажи ты мне на милость: и чегой-то мои жители во внеслужебное время скушные ходят?

Глянул в окошко премудрый аптекарь: какие дома с коньками, какие с петушками; какие жители в штанах, какие в юбках.

-- Очень просто, -- Фите говорит. -- Разве это порядок? Надо, чтоб все одинаковое. Вообще.

Так -- так-так. Жителей -- повзводно да за город всех, на выгон. И в пустом городе -- пустили огонь с четырех концов: дотла выело, только плешь черная -- да монумент Фите посередке.

Всю ночь пилы пилили, молота стучали. К утру -- готово: барак, вроде холерного, длиной семь верст и три четверти, и по бокам -- закуточки с номерками. И каждому жителю -- бляху медную с номерком и с иголочки -- серого сукна униформу.

Как это выстроились все в коридоре -- всяк перед своей закуточкой, бляхи на поясах -- что жар-птицы, одинаковые все -- новые гривеннички. До того хорошо, что уж на что Фита -- крепкий, а в носу защекотало, и сказать -- ничего не сказал: рукой махнул -- и в свою закуточку, N 1. Слава тебе, Господи: все -- теперь и помереть можно...

Утром, чем свет, еще и звонок не звонил (по звонку вставали) -- а уж в N 1 в дверь стучат:

-- Депутаты там к вашей милости, по неотложному делу.

Вышел Фита: четверо в униформе, почтенные такие жители, лысые, пожилые. В пояс Фите.

-- Да вы от кого депутаты?

И загалдели почтенные -- все четверо разом:

-- Это что же такое -- никак невозможно -- это нешто порядок... От лысых мы, стало быть. Это, стало быть, аптекарь кучерявый ходит, а которые под польку, мы -- лысые? Не-ет, никак невозможно...

Подумал Фита -- подумал: по кучерявому всех -- не по-одинаковать, делать нечего -- надо по лысым равнять. И сарацинам рукой махнул. Налетели -- набежали с четырех сторон: всех -- наголо, и мужеский пол, и женский: все -- как колено. А аптекарь премудрый -- чудной стал, облизанный, как кот из-под дождичка.

Еще и стричь всех не кончили -- опять Фиту требуют, опять

депутаты. Вышел Фита смурый: какого еще рожна?

А депутаты:

-- Гы-ы! -- один в кулак. -- Гы-ы! -- другой. Мокроно-сые.

-- От кого? -- буркнул Фита.

-- А мы, этта... Гы-ы! К вашей милости мы: от дураков. Гы-ы! Желаем, знычть, чтоб, знычть... всем, то есть, знычть... равномерно...

Туча тучей вернулся Фита в N 1. За аптекарем.

-- Слыхал, брат?

-- Слыхал... -- голосок у аптекаря робкий, голова в ситцевом платочке: от холоду, непривычно стриженому-то.

-- Ну, как же нам теперь?

-- Да как-как: теперь уж чего же. Назад нельзя.

Перед вечерней молитвой -- прочли приказ жителям: быть всем петыми дураками равномерно -- с завтрашнего дня.

Ахнули жители, а что будешь делать: супротив начальства разве пойдешь? Книжки умные наспех последний раз сели читать, до самого до вечернего звонка все читали. Со звонком -- спать полегли, а утром все встали: петые. Веселье -- беда. Локтями друг дружку подталкивают -- гы-ы! гы-ы! Только и разговору: сейчас вольные в чуйках корыта с кашей прикатят: каша ячневая.

Прогулялся Фита по коридору -- семь верст и три четверти -- видит: веселые. Ну, отлегло: теперь-то уж все. Премудрого аптекаря в уголку обнял:

-- Ну, брат, за советы спасибо. Век не забуду.

А аптекарь -- Фите:

-- Гы-ы!

А ведь выходит дело -- один остался: одному за всех думать.

И только это Фита заперся в N 1 -- думать, как опять в дверь. И уж не стучат, а прямо ломятся, лезут, гамят несудом:

-- Э-э, брат, нет, не проведешь! Мы хоть и петые, а тоже, знычть, понимаем! Ты, брат, тоже дурей. А то ишь ты... Не-ет, брат!

Лег Фита на кроватку, заплакал. А делать нечего.

-- Уж Бог с вами, ладно. Дайте сроку до завтрева.

Весь день Фита промежду петых толкался и все дурел помаленьку. И к утру -- готов, ходит -- и: гы-ы!

И зажили счастливо. Нету на свете счастливее петых.

РАССКАЗ О САМОМ ГЛАВНОМ

Мир: куст сирени — вечный, огромный, необъятный. В этом мире я: желто-розовый червь Rhopalocera с рогом на хвосте. Сегодня мне умереть в куколку, тело изорвано болью, выгнуто мостом — тугим, вздрагивающим. И если бы я умел кричать — если бы я умел! — все услыхали бы. Я — нем.

Еще мир: зеркало реки, прозрачный — из железа и синего неба — мост, туго выгнувший спину; выстрелы, облака. По ту сторону моста — орловские, советские мужики в глиняных рубахах; по эту сторону — неприятель: пестрые келбуйские мужики. И это я — орловский и келбуйский, я — стреляю в себя, задыхаясь, мчусь через мост, с моста падаю вниз — руки крыльями — кричу...

И еще мир. Земля — с сиренью, океанами, Rhopalocera, облаками, выстрелами, неподвижно мчащаяся в синь земля, а навстречу ей, из бесконечностей мчится еще невидимая, темная звезда. Там, на звезде — чуть освещенные красным развалины стен, галерей, машин, три замерзших — тесно друг к другу — трупа, мое голое ледяное тело. И самое главное: чтобы скорее — удар о Землю, грохот, чтобы все это сожглось дотла вместе со мной, и дотла все стены и машины на Земле, и в багровом пламени — новые, огненные я, и потом в белом теплом тумане — еще новые, цветоподобные, тонким стеблем привязанные к новой Земле, а когда созреют эти человечьи цветы...

Над Землею — мыслями — облака. Одни — в выси, радостные, легкие, сквозь розовеющие, как летнее девичье платье; другие — внизу, тяжелые, медленные, литые, синие. От них тень быстрым, темным крылом — по воде, по глиняным рубахам, по лицам, по листьям. В тени — отчаянней мечется Rhopalocera головой вправо и влево, и в тени чаще стрельба: солнце не мешает, удобнее целиться.

Миры пересеклись, и червь Rhopalocera вошел в мир Куковерова, Талин, мой, ваш — на Духов День (25 мая) в келбуйском лесу. Там — поляна, до краев налитая крепчайшим, зеленым, проценным сквозь листья солнечным соком; посреди поляны огромный сиреневый куст, ветви согнуты тяжестью цветов; и под кустом, по пояс в земле — каменная баба с желтой тысячелетней улыбкой. Сюда придут сейчас к Куковерову пятеро келбуйских мужиков, чтобы сказать ему, когда они начинают: послезавтра, завтра, может быть — даже сегодня. Но пока еще пять минут Тале и Куковерову быть здесь вдвоем.

У Куковерова нет спичек, и он ловит солнце лупой — закурить. Молча растет на папироске седой, чуть курчавый пепел, и как пепел — у Куковерова волосы, а под пеплом...

Чтобы не смотреть на нестерпимые эти изгибы в уголках Талиных губ, Куковеров смотрит на каменную бабу. Но там — тоже губы, улыбка тысячелетняя. И он опять поворачивается к Тале:

— Вот — когда-то эти губы мазали человечьей кровью. В такой же день.

— А вы все, теперь, разве не мажете?

— Да. Но не только чужой — и своей тоже, своей кровью. И знаете — может быть...

И в себе — очень тихо: что, может быть, это случится уже завтра, послезавтра, и надо скорее взять как можно больше неба, и вот этот куст сирени, и роющего лапками в цветах шмеля, и еще — еще одно...

Пальцы у него чуть дрожат (один палец — прокуренный, желтый от табаку), с папиросы сваливается седой, чуть курчавый пепел.

— Вам, Таля, восемнадцать лет, а мне... Это, может быть, смешно, что я... ведь я вас знаю всего неделю. А впрочем... Вам никогда не приходило в голову, что теперь земля вертится в сто раз быстрее, и все часы — и все в сто раз, и только поэтому никто не замечает? И вот, понимаете, какой-то один день — или минута... Да, довольно минуты, чтобы вдруг понять, что другой человек для вас...

Густые, пригнутые вниз тяжестью цветов сиреневые ветки. Под ними вышитая кое-где солнцем тень — в тени — Таля. Ее густые, пригнутые вниз тяжестью каких-то цветов, ресницы.

У Куковерова уже нет слов, и неизвестно почему — нужно согнуть, сломать сиреневую ветку. Ветка вздрагивает — и вниз летит желто-шелковый Rhopalocera прямо на Талины колени, в теплую ложбину ее пропитанного солнцем и телом платья. Там свивается мучительно-тугим кольцом — и если бы, если бы крикнуть, что ведь завтра — надо умереть!

Куковеров молчит. Таля:

— Ну, что же вы? Дальше! Ну?

Согнутые тяжестью цветов ресницы; одна какая-то точка в

уголке ее губ. Спичек нет. Куковеров зажигает папиросу лупой, пальцы дрожат, дрожит нестерпимая для глаза точка сгущенного солнца. И — да, это именно так: уголок губ — там, как сквозь лупу, вся она, все ее девичье, женское — то самое, что...

— Дальше? Вы хотите, чтобы я сказал, что дальше? Голос — не куковеровский, темный, из-под наваленного вороха. Таля поднимает ресницы, и вот захваченное врасплох его лицо, синие — настежь, вслух обо всем — глаза, пропаханные тюрьмою морщины, волосы как пепел, палец желтый от табаку.

Это — миг. И Таля — снова у себя в тени ресниц, сирени, нагибается, нагибается еще ниже, тихонько поглаживает шелковую спинку Rhopalocera и говорит ему одно какое-то слово, неслышно.

Но Куковерову кажется, что он услышал — и у него вдруг так больно толкнулось сердце, будто там не сердце, а живой ребенок. И когда Куковеров вслух вдохнул в себя лес, небо, шмеля, солнце: «Хорошо... все-таки!» — Таля понимает, что он понял, и тоже как живой ребенок — в ней сердце.

А наверх, Куковерову — слова, потому что сейчас нельзя молчать:

— Я их очень... Я, когда была маленькая — выводила из них бабочек. Одна вывелась у нас зимой, на Рождество, окна — во льду, летала — летала...

Куковеров — тихо:

— Вот и я тоже...

Но что «тоже» — это никогда не будет сказано: к каменной бабе, к богу, некогда вскормленному человечьей кровью, подходят по-медвежьи — на босых пятках — пятеро. Таля быстро поднимается из тени (ресниц, сирени), идет через солнце — в белом, сквозь розовеющем платье, уносит с собою отпечатанные где-то в глубине куковеровские глаза и на ладони Rhopalocera, которому завтра умереть.

Пятеро мужиков — один лешачьего, сосенного росту, голова, как на шесте — вваливаются все разом в еще распахнутого настежь Куковерова и в ответ ему (»Ну, как же решили, ребята?») — все разом:

— Готово! Председатель Филимошка — уж под замком, на съезжей. Хватит, побаловали советские!

Это — зажжен фитиль, и бежит искра к пороховой бочке:

может быть, фитиль длиною в часы, может быть — в дни, но с каждой минутой все ближе искра — и вот грохнет полымем, дымом, кусками человечьих сердец, моего сердца.

И в тот же Духов День — в городе, где белая, неоседающая пыль, камень, жестяные облака, железные красные с золотыми буквами вывески и железные люди. Там, на краю, на горбатой улице куры щиплют пахнущую редькой веничную траву — куры, взъерошенные и изъеденные вшами, как люди. И там за голубыми некогда ставнями заткнуты березки — вчера, на Троицу, перед обедней, заткнула мать Дорды. От ее старинного шелкового шашмура на голове, от ее грибного старушечьего запаха, от березок с свернувшимися на солнце в трубочку листьями — внутри у Дорды что-то полощется секунду, как на ветру спаленный солнцем березовый лист. Но только — секунду.

Вынул из кобуры револьвер, и сам — револьвер, в черной, кожаной — или даже, может быть, металлической кобуре, заряженные глаза. И — матери, вкладывая патроны в обойму:

— Что, опять в церковь ходила? Эх, старая! А туда же: «Я все понимаю, я — я...»

— А что же, милый: с Христом все трудящие были — пастухи, волхвы и ангелы. Да. Против этого не скажешь.

— Как, как — трудящие... ангелы?

Сквозь железные фланцы, трубы вдруг прорвет вода, брызнет вверх, в стороны, радуются ребята: так сейчас из Дорды — смех, и никак не попадает патрон в обойму. Но торопятся взрослые отогнать ребят и скорее заткнуть воду, и вот уже Дорда снова в кобуре — кожаной или, может быть, металлической, патрон щелкнул и стал на место.

Мать — с сердцем:

— Ты это что в праздник-то взгойчился? Куда заряжаешься?

— А в Келбуе мужики бунтуют, вот куда. Побаловали, хватит!

Под шашмуром — морщины. Коричневые губы чуть заметно шевелятся берестой на огне, но вслух нельзя, и только подолом кофты вытерты нос, глаза. И глазами — материнскими глазами всего его запомнить, уложить в себя его темную, стриженую голову, вот эту жилку на виске — чтобы в тот день, когда принесу его — - {авторский знак}

Губы у него сжаты (сейчас, всегда), вход замурован, выбелен: стена. Вдруг странно открывается рот, не там, где казалось, а гораздо выше верхняя губа очень короткая. И слова:

— Ты бы лучше чего в дорогу мне собрала, чем так-то.

Согнувшись, она шмыгает, чуть шаркают стоптанные башмаки. В тишине я слышу… вы знаете этот смешной человеческий звук — носом, когда нельзя, чтоб было видно, когда слезы нужно глотать?

И, может быть, прав Куковеров — все мчится в сто раз торопливей, проходит минута, не больше — и вот уже Дорда лежит в окопе. В окопе влажная глина, под локтем у Дорды ямка, заряженными глазами сквозь бинокль он смотрит на мост, на келбуйские избы (ставни у них тоже голубые). В синем воздухе — «фииеааоу» — свист, пение, падает — глохнет — бульк: пуля. Все ниже в синем небе ястреб, и вот уже видно: на безруких плечах вправо и влево ворочается острая голова с нацеленными глазами. Глаза нацелены на Дорду, на орловских — сердитых, добродушных, мохнатых, как шмели — на мясо: там, позади окопа, лежит один — только сейчас был я, а теперь — просто мясо, и породистые, зелено-бронзовые мухи ползают по руке, по глазам, сосут в уголке губ.

И около Дорды — рябой, животом на глине, добродушно щелкая затвором, ворчит:

— Рази это война? На войне, бывало, кэ-эк хлобыстнет — голова костромская, кишки новгородские — разбирай… Вот это вот так! А это рази война?

Глиняная рубаха у него застегнута неверно — одна петля пропущена — и сквозь видна желтая с шмелиным волосом грудь. И может быть — он, может быть — другой такой же, медленно прожевывая ржаной кус:

— Я тут в прошлом годе менял: за фунт гвоздей два петуха, вот это вот так! Товарищ Дорда, хлеба не хошь?

Но Дорда не слышит: стал на колени, слушает свое сердце — раз, два и три — как звон часов ночью, в бессонницу. Откуда-то: «С Христом все трудящие, пастухи, волхвы и ангелы» — черный шелковый шашмур. И Дорда командует резко, револьверно:

— Ну — через мост! По одному бе-го-о-ом… а! В синем воздухе: фипеааоу — и коршун. Я, каждый я, знаю: это мне — коршун, мухи, мучительно-тугим кольцом сгибается тело. Потом вместо я — мы, и у всех нас одно, самое главное, единственное в жизни: чтобы через мост — и согнуть, сломать тех прочь с дороги, с земли — чтобы не мешали.

Чему? Да счастью, конечно.

Где-то в коршуньей выси между землею и небом — мост к счастью, доски и рельсы, Дорда, глиняные рубахи. Сквозь железные кружева — секундные куски сини, желтых соломенных крыш, серой речной ряби внизу. И последнее: а ведь падать отсюда вниз — высоко, долго, без конца лететь.

Дорда еще не знает, еще две-три минуты не будет знать, упадет он или нет. А на темной звезде уже знают: сегодня — последнее.

Там ночь. На Земле — день, а там на звезде — ночь, в черном небе — две огромных, зеленовато-ледяных луны над пустынями и скалами, от скал — синие зубчатые тени. Тысячелетняя тишина, луны все выше, и вот внизу уже тускло поблескивает стекло стен, галерей, лестниц, куполов, зал — все зеленоватое, прозрачное — из замороженного света двух лун. Тишина.

Лунный свет все ярче, и как во сне, когда все сразу — вырезанно, мгновенно, четко — как во сне: четверо. У колонны один... нет: одна, высокая, неподвижно, мраморно ждет; только что поднята плита — еще покачивается цепь над люком, и двое лежат на полу, вцепившись в края люка так, что побелели ногти; в стороне стоит мальчик — глубокие слепые впадины глаз, слушающая голова — набок, по-птичьи.

И сквозь стиснутые зубы — трудный шепот, но каждое слово отчетливо как во сне, когда я живу внутри, в каждом.

Шепот у колонны (женщина, высокая, сдвинуты брови, глубокая расселина между бровей):

— Ну, что же — теперь поверили мне? Шепот над люком (двое — мужчина и другая женщина, губы дрожат):

— Да... (громче, отчаянно): Нет! Последняя? Нет! Последняя бутыль воздуха. Здесь, на звезде, воздуха уже давно нет, он — как драгоценнейшее голубое вино — в стеклянных бутылях, веками. И вот последняя бутыль, и четверо последних — племя, нация, народ. Одна, высокая — она стоит сейчас у колонны, и у ней сдвинуты болью брови — когда-то была мать всем троим. Когда это было — сто или тысячу кругов назад — это все равно: теперь — последний круг, и мужчина уже не сын ей, а муж, и другая женщина — не дочь, а другая женщина.

Ярче ледяной свет, и сейчас во всем мире только одно: поднятая вверх рука и чуть поблескивающая голубая бутыль,

пальцы сжимают ее так, что побелели ногти... не пролить ни одной капли, каждая капля — минута моей жизни, я мужчина, я — силен, мне — жить. Вытянув шею, мальчик щупает пустоту, спотыкается, вцепился мне в руку... прочь, урод!

Но там, у колонны, сдвинуты брови, оттуда — один удар глазами — как плетью, мужчина, спрятавшись в исподлобье, дает глотнуть слепому. Потом три, с закрытыми глазами, запрокинутых головы — впивают, впитывают, дышат, и розовеют мраморы, звенят сердца — жить! жить!

Без одежд — как статуи. У одной женщины, младшей, когда она пьет, под мышкой видны расплавленные медные волосы. Быть может, случайно мужчина прикасается плечом к ее плечу — нет, не случайно: это уже было и раньше, но теперь, когда все равно и ничего не страшно — теперь он прижимается крепче, еще крепче — и из тела в тело улыбка, улыбаются плечи, колени, бедра, груди, губы, и нет завтра, ничего нет — только сейчас.

Старшая, Мать — смотрит; все темнее, все глубже у ней расселина между бровей. Подошла, в ладонях сжимает лицо его, мужа, насильно входит в его глаза — по скользким ступеням вниз, на самое дно. Там, на дне, она видит...

Пусть: только в последний раз впитать в себя это лицо, стиснуть так, чтобы на розовом — белые следы пальцев. И потом ее слова — обыкновенные, простые, но каждое нужно вырвать из себя с мясом:

— Я... я останусь здесь. Вы вдвоем принесете воды. Идите.

Ушли. Она стоит у колонны, одна, мраморная, мрамор от ног подымается все выше. Закрытыми глазами она видит то, что теперь происходит внизу, где колодец. Там чаши поставлены на пол, мужчина касается рукой чуть жестких медных волос женщины, проводит по ее груди, по коленям — на одном колене у нее маленький белый шрам: ты помнишь? — ты упала, была кровь... ты хочешь сейчас?

Лунный полдень. Тяжелые, ледяные глыбы света. Мальчик неподвижно, по-птичьи, слепыми глазами смотрит вверх, зовет Мать: воды! По она не слышит, потому что дверь открылась — и входят те двое. У женщины — губы влажны, на одном колене белый шрам, и выше, па ноге — красная полоса: след крови. Они без одежд, как статуи, все голо, просто, последне.

Взявши за руку слепого, Мать медленно ступает — им

навстречу, медленная, мраморная, как судьба:

— Теперь — пора. За мной, не отставайте.

— Куда?

— Я знаю. Там, в нижних залах, мы еще найдем немного, чтобы дышать. И там...

— Что — там?

Молчит. По лицу у ней — облака: нависшие, литые — в глубокой трещине между бровей, легкие, розовеющие — в последней улыбке.

И — внизу, на Земле, где сейчас — день, где литые, синие, и легкие, алые облака, и летучими косыми парусами весенний дождь, и снова — солнце тысячи солнц на согнутых солнечной каплей травинках. Если прав Куковеров и все в сто раз быстрее, так это — в тот же самый бесконечный, вихрем несущийся день, и это — недели назад. Еще целые недели жить тому, кто сейчас мясом для ястреба лежит на желтой глине, и еще Rhopalocera не знает, что ему завтра умереть в черную куколку, и не знает Дорда, и в Келбуе мужики еще не арестовали Филимошку, и он даже пока еще просто Филимошка-голяк, а не председатель Филимон Егорыч.

Изба, заткнутые тряпками дыры в дырах окон — и черные дыры выбитых зубов во рту у Филимошки, он пыхает цигаркой, прислонился к косяку, ждет. Там, по дороге, загребая босыми ногами пыль, идет Филимошкина баба; на руках у нее ребенок — взяла чужого, у соседки: когда с ребенком на руках, Филимошка ее не бьет. Но нынче он — особенный, нынче и так не бил бы.

— Ну, баба, живо: на сход со мной пойдешь. Бумага из городу получена и чтоб бабы все тоже. Нынче, брат, строго!

Перед крыльцом съезжей — спины, от ветра вздутые пузырями рубахи, выдубленные солнцем голенища шей, галдеж, гомон. И вдруг на крыльце батюшки! Филимошка. Ты куда? тебе что?

— Товарищи, тише! Нынче — строго. Время зря терять нечего — секретаря мне выбирайте.

Над спинами, над головами чубарая голова будто поднята на шесте над всеми — тот самый лешачьего роста мужик, и лешачий голос:

— Это, стало быть, к колесу покупай телегу? А председателя — не надо? Филимошка:

— Председатель — я! — Грудь колесом, одну ногу вперед

выставил, стоит, как буква Я.

— А почему же это ты, рвань коричневая?

— А потому сказано в бумаге: беднейшего. А кто бедней меня — ну, выходи? Ну!

Голова на шесте вертится, скребут руки в затылках: по бумаге — оно, будто, действительно, так, потому беднее Филимошки никого нету.

И Филимошка — председатель Филимон Егорыч, он уже не в избе — он в мельниковом с голландскими печами доме, у него весь Келбуй — вот тут, в кулаке — только сок брызжет: за все свои выбитые зубы, за все дыры, за тридцать голодных годов, за все сразу.

Косые паруса дождей, облака, солнце, ночи, дни — или час, секунда. И Духов День: на пороге, в шашмурс, согнув козырьком руку — глядит мать вслед Дорде, а в Келбуе на съезжей — под замком связанный Филимошка, белоголовые ребята липнут носами к окнам, у дверей крепко стоит мохнатый мужик с винтовкой. Фитиль подожжен, искра бежит к пороховой бочке, и Куковерову кажется — он начинен порохом: это страшно, это хорошо, и только надо все скорее, скорее, чтобы в часы втиснуть годы — чтобы все успеть...

На спинах — вздутые ветром пузыри рубах.' Лицом ко мне, к вам — на крыльце говорит Куковеров, волосы — пепел, чуть курчавый, а слова... Но главное разве в словах? Если у вас сегодня вдруг ожило и, как живой ребенок, толкнулось сердце — вы бьете в сердце, как в колокол, и в ответ гудит в каждом, и вами создано все: все эти мохнатые, ребячеглазые лица, и врезанная в небо ветка сирени над забором, и литая туча с девичьей розозатой оторочкой, и грудью в тучу тревожная ласточка.

Сквозь все это, издали — будто он на колокольне, а головы, руки, шеи внизу — Куковеров слышит:

— Правильно твое! Побаловали над нами, будя! Не маленькие!

Солнце — под гору. В дверях позванивают в жестяные стенки дойников струйки молока, коровы опрокидывают дойники, брыкая задней ногой — и будто это-то вот и есть последнее: бабы начинают выть в голос, слезы теплые, молоко теплое. А на крыльце съезжей — мохнатый гул, из рук в руки — берданки, медвежьи двустволки, вынутые из тайников. Как белоголовый мальчишка везет деревянную на катушках лошадь, каждую минуту оглядываясь — не наглядится, так лешачьего роста мужик на веревочке тянет за собой по пыли пулемет. И в ответ восторженному: «Федька-то а? Слушь, это у тебя откуда же?» — хитро прижмуривает глаз:

— А ото еще в семнадцатом году — у солдат выменял. За два пуда — шинель и вот это самое в привесок...

Когда уже сумерки, все стеклянное, и неслышно, накрест перешвыриваются над улицей летучие мыши — Куковеров входит в палисадник. Там сейчас — почти черные листья сирени и белое до боли платье Тали, ее лица не видно, нагнулась:

— Хотите посмотреть? Я его принесла сюда из лесу... нет, здесь он, здесь, ниже.

Он — Rhopalocera, съеженный, неподвижный мир, готовый умереть завтра. И от этого завтра, от того, что было утром в лесу, от чуть слышной дрожи в голосе у Тали — так вдруг настежь у Куковерова сердце, что нечем дышать, и смешно, нелепо! — на глазах у него слезы, он молча нагибается, щеку трогает чуть прохладная, в росе, гроздь сирени.

Потом Куковеров рядом с Талей в избе, у окна. Сквозь окно — туча, все ближе, ласточка — грудью в гучу. На столе самовар, пахнет смородиновым чаем. Хозяйка, Бараниха, у двери — сейчас уйдет. И может быть, жутко, что она уйдет, и тогда останутся вдвоем, может быть, чтобы задержать ее — говорит Таля:

— Нет, постой, а ты еще расскажи, как тебя тогда Филимошка-то... Ну?

— Ох, ты, мой дитенок приятный! Да ты не забыла, а? Ну, как же: пришел кур отбирать — такое тут меня взяло! «Ах, ты, говорю, Мать Пресвятая»... и пошла его чесать. А он обиделся: «Лишаю, говорит, тебя голосу на три дня чтобы три дня у меня пикнуть не смела!» И что же бы ты думал: ведь три дня как немая ходила — вот стервец какой! Ну — пейте с Богом, пейте...

Хлопнула дверью — и вдвоем, и уже нельзя смеяться, все тончайше-стеклянное, и если хоть слово... Где-то на улице — за тысячи верст голос: «Ва-си-лей! Ва-силей!» — и от этого еще стеклянной, и оба знают, что сейчас — Таля:

— У вас папироса... У вас — никогда спичек... хотите, я вам...

Но встать, чтобы пойти принести спичек, она не может,

остается сидеть. И будто вот это и есть последнее, через край — больше нет сил. Глотая воздух ступенями, кусками, Куковеров берет в свои ладони ее лицо — мир тихонько, блаженно кружится, покачивается, и в нем навсегда отпечатаны девичьи губы, чуть холодные, как сирень в сумерках.

И тотчас же — стук в окошко, приплюснутый к стеклу нос:

— Эй, Иваныч, Куковеров — ты тут? И когда окно открыто, слышен с чуть приметным веселым ознобом голос:

— Ну, брат, пошла потеха: советские на нас едут. Пойдем.

Мост из синего неба и стали; свист: фииеаоуу. И еще. Чок — в железо, и мягко — в мясо. Мешком человек присел на низкие перильца моста, мчатся мимо, человек кричит им глазами: «Это же я, это я!» — они мчатся. Не спеша человек навзничь и головой вниз. Лететь долго, и, может быть, еще как-нибудь... может быть, нужно только вот так расправить крыльями руки — Всплеск, брызги, радуга на секунду.

У Дорды: «Это — не я, это — еще не я. Надо скорее!»

Но мост — длиною в целую жизнь, в пятьдесят лет, сжатых в страшно тугие секунды, и навстречу стрекот пулемета — оттуда, с келбуйской стороны. Остановиться сейчас на мосту — так же, как застопорить с маху стоверстный поезд. И все же Дорда останавливается. Он со злостью говорит себе: «Ага, ты — так: «Это не я»... С-сволочь!» — останавливает себя с маху, стоит, стиснув зубы, мчатся мимо. Чок! Еще... Вон — тот рябой, в пыху, рот разинут — может быть, кричит — да, кричит Дорде:

— Что? Ай чмокнула? Нет?

Потная, рябая, мохнатая улыбка. Заряженный ею Дорда опять бежит, и вдруг почему-то от рябого вспоминается мать: руку козырьком к глазам, на пороге (это на миг). Потом несущиеся синие куски — небо сквозь решетку моста. Так уже было однажды — небо и решетка... когда? И как мать — на одну тугую секунду — отчетливо: камера, свод, окно, Дорда на табуретке у окна стоит вместе с другим — голова у этого другого седая, пепел — и от этого Дорде еще больше...

Рев: «Ур-ра-а!» — конец моста, все исчезает, как на экране, когда зажжен свет — и только самое главное: согнуть, сломить тех. Поперек какое-то бревно — через бревно, ур-ра! как бревно, плашмя глиняная рубаха, с нелепой медленностью, прикрывающая затылок руками — через нее, ура! — и вниз по щебяной насыпи — градом, таранами, бревнами, бурей...

Внизу буря вдруг стихает: в кустах бересклета, сирени — неизвестно почему, без команды — ложатся в тени. Дорда минуту стоит, еще весь пружина, глаза заряжены — сейчас из них ПОСЫЛАЮТСЯ пули в тех, кто лег без команды.

У самых ног — рябой, захватив двумя пальцами край глиняного рукава, вытирает лоб; снизу вверх — потная, рябая, с лукавинкой, улыбка. «За фунт гвоздей — два петуха», — это твердо, заповедь, и тут ничего не поделаешь. Дорда срывает гроздь сирени в росе, быстро обкусывает горькие цветки, в руке — револьвер. Рябой говорит снизу вверх — Дорде:

— Нешто пойти к ним потолковать? Чего так-то, зря? Все-таки православные. И так у них там, что, взглянем... пригодится... А, товарищ Дорда?

— Хорошо. Все равно. Ну — идите вдвоем. Постойте. Дорда быстро пишет в записной книжке, буквы — прямые, высокие, острые. Из кармана штанов рябой вынул платок (когда-то белый), в нем хлеб. Ссыпал крошки на руку и горстью в рот, хлеб — обратно в карман. Привязывает платок к штыку, сдувая нижней губой надоедно липнущую муху. На листке из записной книжки буквы уже стоят цепью в затылок: «Немедля сдать оружие. Освободить арестованных. Выдать зачинщиков — не менее пяти». Подпись: Дорда.

И вот двое идут, над кустами треплется на ветру платок, когда-то белый; выше темнеет в синеве коршун, ворочая в безруких плечах головой; и еще выше — пока еще невидная, темная над Землею звезда.

*****

Там, сквозь голубой лед стекла, как на дне видны какие-то неподвижные фигуры: где-то одиноко на ступенях — будто с разбегу; где-то снопами крепко обнявшихся тел. Спят. Может быть, спят: неизвестно,

И четверо идущих по пустым, гулким, голым залам. Впереди — она, высокая, прямая, мраморная, и со слушающей, по-птичьи наклоненной головой мальчик — дрожит, жмется к ее ноге. Синеледяные своды потолков нависают все ниже, все тяжелее. Она идет, не останавливаясь. Вот теперь, на ходу оглянулась назад, через плечо — и мне видно: брови у нее черно и крепко стиснуты. Она одна знает то, чего не знают трое других, она живет давно, всегда, она знает — и она решила. Что — это еще пока неясно, это как далекий запах гари, как зверь чует над собой черную дырочку дула — и все же от этого никуда не убежать, это с каждым шагом все ближе.

Ступени вниз, на ступенях — человек ничком; правая рука, будто с разбегу, брошена ладонью вверх: спит? На неслышных, пружинных, как у зверя, ногах мужчина крадется... скачок — схватил поперек тела, поднял — и сейчас же бросил. Тело катится вниз по ступеням, ладонь взмахивает и падает с деревянным стуком — раз и еще раз. Это тело холодное, другое, чем я, и ничего не может мне сделать — я, мужчина, это знаю, и все-таки почему-то надо, чтобы скорее опять рядом живое плечо — она, молодая, теплая, недавняя, моя — тогда дрожь стихает, я могу открыть дверь, я открываю, я — мужчина.

За дверью — блеск колес, спиц: машины — круглые, многоногие, коленчатые, как пауки — мертвые тела машин. И такие же неподвижные, холодные человеческие тела, сцепившиеся в тугой судороге, друг на друге — как мужчина и женщина. В руках — стынущие в ледяном свете ножи.

— Я не хочу дальше — мы не хотим, мы не пойдем!

Но она, высокая, впереди, она, кто тысячу кругов назад была Мать — идет не останавливаясь, и я, мужчина, иду покорно за ней. Люди, машины, немые толпы книг, где-то на стенах изображения — лица, золото, красное тысячелетия с неслышным, оглушительным ревом мчатся сквозь меня — и больше нет сил.

Вечер. Огромные луны пригнулись к полу, тени длинны. Четыре раздавленных последним каменным сном тела. Часы, минуты — все равно.

И — движение: приподнимается на локте младшая из женщин, лицом — сюда, ко мне, к вам. Глаза у ней зеленые и светят в полумраке, как разрезанная веслом морская вода, и, как вода — густые ледяные лучи. Она кладет руку на грудь мужчине, он вздрагивает, отвечает ее глазам: «Да, сейчас», куда-то ползет на четвереньках. Вдруг остановился, голову — в плечи, по-черепашьи. Нет: показалось... Мать спит, спит крепко. Вперед!

Он возвращается. Навстречу зеленым глазам женщины поднята вверх, блестит — бутыль. Две запрокинутых головы, пьют, тела розовеют. Груди у женщины теплы, остры и сладки, она — пахнет, она — шепчет мне. И напряженными мускулами, кожей, губами, телом — я знаю, это так, это справедливо: мне жить — мне и ей, и там есть еще на дне бутыли воздух — это мне, ей и больше никому — больше никто не должен жить.

Взять нож... Но он крепко зажат в чьих-то пальцах, и пальцы ледяные мужчина отдергивает руку. Верхняя губа его (с чуть заметной ложбинкой) дрожит, он оглядывается и видит: за каждым его движением — пристальные зеленые глаза. Зажмурившись, вздрагивая, он вытаскивает из мертвых пальцев нож; с ножом ползет — годы, целую жизнь.

Длинная, птичья, согнутая набок шея, слепой спит ничком, носом в ладони. Надо целиться вот сюда, справа, где на шее столбиком жила. У мужчины поднята рука, в руке — стынущее в ледяном свете лезвие ножа, и сейчас на темной звезде — в тысячный, в миллиардный, в последний раз прольется чья-то кровь ради — над Землей солнце мечется в последней тоске, облака набухают кровью все гуще, течет алыми струйками вниз по золоченым шпицам, но белым стенам, по зеркальным окнам дворцов, и красные капли — здесь, на зелени луговых майских трав.

Луг — перед Келбуем. На лугу — сумрачные срубы овинов, узкие бойницы-окна под самой крышей: это — терема, городище. Такие городища — еще вчера, позавчера древляне выдвигали в зеленую степь навстречу дружинам Олега, сыпали из бойниц стрелы, лили смолу.

И древлянское вече: круг — мохнатый, топоры, винтовки, чья-то голова над всеми, как на шесте, и голова Куковерова — как пепел, чуть курчавый. Перед Куковеровым — двое оттуда, от советских: один серый, всякий, тысячный, муравей; у другого красная, рябая улыбка, белая тряпочка на штыке, письмо. И подпись на письме Куковерову надо прочитать еще раз — еще — и повернуть вот так, к свету:

— Дорда? Дорда... Погодите-ка, а из себя он какой будет? — по лицу у Куковерова морщины, облака, темные, светлые.

— Он-то? Да таконькой вот — небольшой, гвоздочком. А глаза... ух!

— Бритый? Ну, конечно, ну да: он! и на одну тугую секунду перед Куковеровым: синий кусок неба сквозь решетку, табурет у окна, на табурете...

Над овином, ворочая в безруких плечах головой — коршун, все ниже. Там, внизу, на чуть сбрызнутых красной росой травах лежит человек, еще недавно был человек, я: теперь ничком, будто с разбегу, правая рука брошена ладонью вверх, желтые мозоли. И рядом — я, орловский, с платком на штыке, рябой; и я, келбуйский, с пулеметом, голова на шесте; мы оба смотрим на себя мертвого — там, на травах.

— Да, протри, протри полтинники-то свои, погляди, рябая твоя морда: хорошо, а? Трое ребят у мужиков осталось да баба брюхатая. Сук-кины дети!

— Ты вот с своим пулеметом — не сукин сын! Наших-то на мосту сколько сверзли? Туда же — разговаривает! Молчал бы! Мы, по крайности, за нашу власть, да, а вы за кого?

— За вла-асть! Тебя бы носом ткнуть в Филимошку в нашего — как кота в дерьмо, так небось бы...

— А ну — ткни? Я, брат, тебя ткну-у! — с белым платком штык наперевес, ощетиненными глазами — по кругу, с сердитым шмелиным гудом круг смыкается теснее, ближе, топоры. У древлян был обычай: пригнуть два дерева, к верхушкам привязать за ноги вниз головой — и потом отпустить деревья...

В руках у Куковерова вздрагивает папироса, письмо Дорды... бритый, да-да, конечно. Что же — встретимся, да, вспомним, как вместе...

Зачем-то вынул часы: не глядя, начинает заводить их, все туже, туже раз! — пружина лопнула, стрелки жужжа кружатся сумасшедше, все быстрее или, может быть, это внутри, в Куковерове.

Когда часы останавливаются, он прячет их в карман, встает, собирает в горсть все глаза, натягивает их, как вожжи, говорит:

— Так вот — письмо. Предлагают вам сдаться, выдать пятерых, самых главных, и все оружие, арестованного нами освободить. Вот. Решайте, как знаете.

Круг, вече. В середине, в траве — тело ничком. Гудят зеленые мухи, тишина. Потом — голос, из-за спин:

— Толковали: у нас пулемет-пулемет. А они вон мост-то за милую душу пересигнули. Да. Ежели эдак пойдет...

Молчат. Куковеров крепче натягивает вожжи:

— Дело ваше. Ключи от съезжей у кого? У тебя, Сидор? Стало быть., пойди, выпусти Филимошку, пусть идет сюда, и скажи ему…

На дыбы:

— Филимошку? Не-ет! К чертовой матери! В шею их! Чтоб Филимошка опять? Не-ет!

Куковеров вдруг чувствует, что устал, хочется сесть, садится, рвет письмо. Рябой скидывает свой глиняный блин-картуз, сморкается в него, снова надел — крепко, по самые уши:

— Та-ак, значить. Ну, до свиданья вам. А только зря вы, ребята. Там что-то, а все-таки — православные…

От городища по древлянской степи медленно идут двое. Один — всякий, тысячный, муравой; у другого — рябое лицо, на штыке — белая тряпочка. Коршун невысоко: видно, как на безруких плечах вправо и влево ворочает головой. Сквозь бинокль — заряженными глазами Дорда глядит навстречу.

И когда на идущих уже веет из кустов зеленой сыростью, сиренью, махоркой — почти неслышный выстрел из овина, с келбуйской стороны. Рябой, пригнувшись, заячьими петлями — в кусты, а тот — серый, тысячный, муравей покачавшись немного, валится навзничь, и уже никто никогда не узнает, как было его имя.

Дорда вскакивает — он этого ждал, может быть, даже хотел. Вскакивает, весь заряженный, револьверный, пули из глаз — в одного, в другого, в каждого из тысячных.

— Что? Видели? Может, хотите — еще пошлем? Чей-то мохнатый кряк; тишина. Так подрубленное дерево, падая, крякнет — корявыми лапами зацепилось, секунда тишины — и вдруг рухнуло. Крик, кулаки, зубы, бороды, мать — залпом. Кусты трещат, с ревом прет стоголовый медведь, рты разинуты но никто не слышит, кровь на траве — но это все равно: через камень, через бревно, через человека, через себя. Только бы добежать, а там по двое, по трое, крепко обнявшись — как мужчина и женщина — как уже было где-то.

С длинным птичьим криком кружась падает солнце — и взойдет только завтра, а может быть, и не взойдет. На крыльце съезжей прочно, привинченно стоит Дорда — в кобуре кожаной или даже металлической; револьвер стиснут в руке так, что белеют ногти. Рядом — Филимошка, выпячена грудь, одну ногу вперед: как буква Я. И среди штыков Куковеров, без шляпы, вздрагивает папиросой, улыбкой. Из-за забора напротив — чуть слышный запах сирени.

— Этого — под караул, до рассвета… — Дорда глядит куда-то

поверх серых, как пепел, и как пепел — чуть курчавых волос.

— А этих пятерых сейчас.

И эти пятеро — на лугу, возле древлянских сумрачных теремов. Зеленое в красных рубцах небо, в тугой судороге изогнувшийся мост, над рекой — пар, в последний раз. Невысоко, неслышно накрест перешвыриваются летучие мыши. И навсегда врезанные в стеклянное небо пять темных спин, пять голов — одна, как на шесте, над всеми.

— Эй ты, длинный! На коленки бы стал, что ли. А то — кому в башку, а тебе в сиденье? Неладно выйдет.

Это говорит рябой, в глиняной рубахе, говорит добродушно, просто. Там, впереди — длинный становится на колени. Пять темных фигур, врезанных в зеленое застывшее небо...

От поднятой с ножом руки — синяя, литая тень па шее, на спине у слепого. Быть может, он чувствует холод тени — вздрогнул, приподнялся, поджав ноги, садится спиной ко мне, к вам, голову чуть-чуть набок, по-птичьи, шарит около себя — где же Мать? — сейчас слепые пальцы коснутся ее плеча, она проснется.

Сверху сверкает нож — вот сюда, справа, где возле уха столбиком жила. И тонкая шея вянет, он, не крикнув, клонится вниз, лицом в колени, согнувшись, сидит, неподвижный; я, мужчина, смотрю на него — широко, кругло.

Теперь вытереть холодные капли пота на лбу — левой рукой: правая забрызгана. И еще только один шаг...

Дрожа, крепче стиснуть нож, и только один шаг — к той, кто когда-то была Мать, а сейчас... а сейчас...

Глаза: навстречу — ее глаза. Она лежит, готовая, на спине, не двигаясь, но у нее открыты глаза и нельзя — когда человек человеку в глаза, надо скорее забиться в исподлобье — в самый дальний угол, и оттуда...

Две ледяные луны качаются совсем на краю, сейчас оборвутся вниз. У нее, у Матери — губы свиты в тугое кольцо — как умирающий в куколку Rhopalocera. Она, лежа, запрокидывает голову назад — темная тень вот здесь, в ямке внизу шеи. Трудный, глухой голос:

— Ну, что же? Вот-вот здесь, вот сюда! — она показывает рукой на свою шею.

Нож звонит на пол. Тогда она подымается, мраморно, медленно. Тень от нее растет все огромней, переламывается на стене — в купол — еще выше. Она смотрит издалека, сверху, на застывшие в последнем взмахе машины, на неподвижные, когда-то убившие друг друга тела, на это, тоненькое, неподвижно уткнувшееся лицом в колени — оно уже сливается с другими, с тысячами других, чуть темнея на зеленоватом ледяном небе.

Она подходит к мальчику, приподнимает его голову, целует еще теплый рот, голова у него опять падает на колени. И подходит к другому, к мужчине: у него дрожат скулы, ноздри, верхняя губа с чуть заметной ложбинкой, он человек. Так же подняла бы его голову и поцеловала бы эти — еще пока живые и теплые — губы, но только проводит рукою по его лицу. И теперь скорее, скорее — что хватило сил кончить... Если б не быть человеком — если бы не знать жалости к человеку!

Открыта дверь в последний зал. Две пристальных, диких луны, положивших морды на пол. Какой-то огромный с делениями круг на полу. Да, это произойдет здесь.

Она, высокая, вступает в круг. Секунду стоит неподвижно, мраморная, как судьба; теперь нагнулась, и сейчас — Луна — земная, наша, горькая, потому что одна в небе, всегда одна, и некому, не с кем; только через невесомые воздушные льды, через тысячи тысяч верст тянуться к таким же одиноким на земле и слушать длинные песьи вой.

Таля — в палисаднике, одна, никого. Сейчас под луной почти черны железные листья сирени; ветви сирени согнулись от тяжести цветов: цвести тяжело, и самое главное — это цвести. Таля сгибается — лицом в холодные цветы, лицо у ней мокрое и мокрая сирень в росе. Там — еще ниже, на железном, чуть согнутом и связанном паутиною листке — окукленное, мертвое тельце Rhopalocera. От этого неподвижного тельца, как от крошечного камня в воде, быстрые, дрожащие круги бегут все шире, все огромней; глаза у Тали стоят, открытые настежь, как двери в доме, где мертвый, и она в первый раз ясно, вся, видит: другое тоже неподвижное тело, согнутые пальцы — один желтый от папиросного дыма. И это немыслимо, невероятно — и что-то надо, что-то надо скорее, больше нельзя стоять так и слушать длинные песьи вой.

В избе. Хозяйка, взгромоздившись на табурет, зажигает перед образом лампадку, ее поднятые вверх руки — в красном вспыхивают, потухают. Самый простой избяной запах — печеного хлеба, но от этого... от этого...

— Тимофеевна, милая, я не могу... ну, вот — как же, ну, как же? Вот завтра — трава и солнце, и все кругом возьмут хлеб и будут есть — а он? а он?

— Что ж, дитенок, живы-здоровы будем — все, Бог даст, помрем. И ты помрешь — ты что же думаешь? А час раньше, час позже — все едино.

Но, может быть, прав Куковеров, одно и то же — минута и год, и иногда час — это вся жизнь. Белая, в вздрагивающем красном свете видна Таля на лавке; глаза стоят все так же — широко распахнутые настежь; руки между колен. Минута, час, год.

Встает, быстро, в лихорадке — перед зеркалом. Тяжелые, согнутые тяжестью цветов ресницы и тень. Вытереть лицо чем-нибудь мокрым полотенцем, чтобы не видно было следов; теперь пальто...

— Да ты что — ай спятила? Да тебя на улице сейчас зацапают — п поминай как звали!

— А может, я и хочу — чтоб сцапали? Белая под луною пыль. Над забором черная, острая ветка в небе. От наваленной камнями тишины воют собаки. Знакомое крылечко: столбики с перехватом, на ступенях часовой, винтовка между колен, сидит так же, как вчера сидел тот, келбуйский — и, может быть, он дремлет? Таля делает еще один шаг.

Часовой вскочил, глаза разинуты, как рот — орет ртом, вытаращенными глазами:

— Куды, куды прешь? Кэ-эк вот чучкну по башке прикладом, так... Приказа не знаешь — дома сидеть?

Но в руках у нее ничего нет, чуть пригнула голову, загородилась пустыми руками. Рябое под глиняным картузом лицо — разглаживается, затихло. Не спуская глаз — а вдруг... мало ли что? — часовой стучит в окошко, темным крестом вырезан переплет рамы в красном свете, и должно быть там сейчас...

Выходит на крыльцо другой в глиняной рубахе — тысячный, муравей, винтовка. Часовой говорит ему:

— Вот что: постой пока тутя, а я эту — к начальству представлю.

Собаки, луна, пыль. С выгона — полный, горький ветер, сохнут губы.

— Эх, кобели-то развылись... Скучают... Ты... тебя как зовут-то?

— Наталья.

— Во-от. черт! У меня жена — Наталья, ну, скаж-жи бы, пожалуйста! Эй, эй, под ноги-то гляди: корова наложила — ножки измажешь... Тут у них коровищи — ух! Тут за фунт гвоздей... Места — вообще! Ты что же — соль, что ли, сюда привезла менять или материю?

— Нет, я тут приехала ребят учить — в училище.

— Господи! Так ты ему — прямо: так и так, ребят, мол, учу. Ничего не будет, право слово. Ты — не бойся, хоть он и...

— Я не боюсь.

И — дверь открыта, дыхание — стиснутое, сквозь какую-то тончайшую щелочку между зубов. В раме — в колеблющемся круге свечи — навсегда это лицо, заряженные глаза, острия скул и губы: нет губ, нет розовой полосы нет и не будет никогда слов.

Молча, глазами. Потом вдруг у него разрез рта — не там, а гораздо выше, и верхняя губа очень короткая. Слова:

— Приказ знали?

— Знала.

— Так зачем же?

— Чтоб меня привели к вам.

Свеча, нагорая, трещит, от скул — тени. На столе, на бумагах револьвер, и два дула — глаза.

— Оружие есть?

Дыхание — сквозь тончайшую щель; стиснутое: »Нет». Он встает из-за стола, на свечке огонь колеблется; минуту молча. Потом привычно, легко он проводит руками по ее телу, чуть сжимая здесь, на бедрах — где может быть в складках оружие. Тале кажется, что рука у него вздрагивает или это ее дрожь? — у ней сухие губы, и игла сквозь все на один миг: «Это? С ним?» И отвечает себя: «Да, и это, и все — только бы...»

Не поднимая ресниц, согнутых тяжестью цветов — спотыкаясь, облизывая сухие губы:

— Я — не то... вы напрасно. Я — потому, что у вас... Я знаю: вы хотите его завтра утром...

— Кого — его?

— Куковерова. Я — я не могу, чтобы он... И я вам — все, всю себя — что хотите! — я буду вам всю жизнь... Я его люблю, понимаете?

Тишина. Свеча, нагорая, трещит. Теперь на лице у него ясно

виден разрез губ, верхняя очень короткая, и в ней легкая дрожь — может быть, тени от свечки.

— Я его — тоже люблю. Громадные — настежь глаза у Тали:
— Вы?

— Да, я. Мы с ним год сидели вместе в тюрьме. Вдвоем жили. Это не забывается.

— Так, значит, вы... его не...

— Завтра я его расстреляю. Не я — ну, это все равно.

Задыхаясь в нагаре, качается свеча, пол, стены. Тале надо опереться руками о стол, нагнуться ниже глазами в глаза, глаза у нее — крылатые, настежь.

Дорда встает — крепко, весь в кобуре; берет револьвер со стола с бумаг.

— Я сейчас иду к нему. Вы будете ждать меня здесь. И еще раз его голос — издали, из-за дверей часовому:

— Останешься тут с ней, пока я не вернусь. Тишина. Фитиль — черным крючком, как ястребиный клюв. Сверху — потолок, тысячепудовый, и дальше небо, пустыни, льды, темная звезда.

*****

Оцепеневшие в последнем взмахе машины и люди, и немые толпы книг, и века — с неслышным, оглушительным ревом: все это, чтобы в конце выбросить сюда, на голый берег, троих последних людей на звезде.

Голый, пустой зал — только огромный, с какими-то делениями, круг на полу и, пока еще неподвижная, черная стрелка. Эта просто, в этом нет ничего, и все-таки — как зверь, дрожа, чует черную дырочку дула — так и они.

Они двое — сюда лицом. Свет лун — снизу и сзади, их лица в тени, на зеленоватом, застывшем небе вырезаны два темных профиля: мужчина исподлобья, прижатый к груди подбородок, узлы мускулов пониже плеча; и молодая женщина — острия ресниц, губы, только что сказавшие что-то и еще не закрытые.

Теперь та, старшая, кто тысячу кругов назад была Мать, нагнулась. На стрелка — ее рука, мраморная, и мрамор от руки подымается все выше, и кажется — никогда не сдвинуть с места руки. Брови, зубы, всю себя — еще крепче! — чтобы хрустнуло! Движение; стрелка начинает медленно, со скрипом ползти по кругу.

Это — просто, в этом нет ничего. Я, мужчина, знаю. Прижмись

ко мне, чтоб твое плечо... не бойся, только не надо туда смотреть. Стрелка ползет со скрипом, вот над какой-то цифрой — да, здесь... Остановилась. Это — все.

Она, Мать — стоит, прямая, высокая. По лицу у ней облака вихрем — обо всем сразу: о мертвом уже мальчике, о них, о себе, о тысячелетиях, об этой последней — секунде и о том, что произойдет сейчас.

Натягиваясь все больше, тончайший секундный волосок обрывается, где-то внизу огромный, круглый гул. Все вздрагивает; нелепо подпрыгнув и в последний раз сверкнув — проваливаются две луны; в соседнем зале — цепной лязг и звон сорвавшихся машин; сквозь грохот — крик; и внезапная тьма, ночь на темной звезде.

*****

Дорда смотрит в широко, сине раскрытые ему глаза, смотрит, как шевелятся у Куковерова губы, смотрит на его палец — сбоку, около ногтя, желтый, прокуренный табаком. Это — человек, живой человек. И вот знать, именно знать, что завтра — Так: будто бы если Дорда только чуть двинется, вот только карандашом по бумаге, то это случится не завтра, а сейчас, здесь — потому что Куковеров из тончайшего, как папиросная бумага, стекла. И Дорда неподвижен — статуя из темного, кожаного блестящего металла.

— Дай папиросу... — трудный, сквозь сухие губы голос Куковерова.

С папиросой он нагибается над стеклом жестяной лампочки (спичек нет) красный язык в стекле вспрыгивает вверх, коптит.

— А помнишь, Дорда, как мы с тобой в камере без табаку сидели? Одна папироса — и я хотел, чтобы ты взял, а ты — чтобы я, а потом прибили ее гвоздиком на стене — как память... как...

На платформе — уже пробил третий звонок, и надо скорее — скорее еще о чем-то и еще о чем-то — обрывки. Куковеров курит жадно, на папиросе растет седой, чуть курчавый пепел, в голове у него стрелки кружатся сумасшедше.

— А это: мы с тобой — у окна на табурете, небо — и что-то... Да: трамвайные звонки — и это нам казалось как... как... А сейчас — ты и я... смешно! Я все думал... Вот кружка с водой, жестяная — вот, видишь, тут грязь вверху под рубчиком? Понимаешь — вот я смотрел на нее и думал: она завтра будет совершенно такая же... Там, может быть — совершеннейшая пустота, пустыня, ничего — и, понимаешь, думаю: вдруг увидеть там вот эту самую кружку и вот тут на ней грязь — может быть, это такая невероятная радость такая... Или увидеть: ползет червяк — больше ничего: червяк.

Дорда сидит, крепко подперев голову, рта у него нет, карандашом чертит на бумаге крест — еще больше — не хватает места, надо снять с бумаги револьвер. Но едва касается револьвера — вдруг какая-то мысль. Слышит: раз! два! три! — как часы в бессонницу — сердце. Да, это будет, пожалуй, самое — встал; медленно — к окну; остановился. И спиною — вот где-то тут, между лопатками, хочется даже потрогать это место, там сейчас чуть покалывает спиною Дорда ясно видит: Куковеров взял оставленный на столе револьвер, теперь поднял. Сквозь окно — небо, пустыни, льды, огромная, синяя звезда, ниже — из крыш чугунной стеной растет туча. Неизвестно почему — на мгновенье: мать на пороге, руку козырьком к глазам... Дорда ждет минуту, еще минуту.

И — ничего. Быстро оборачивается, там Куковеров, нагнувшись над лампой, закуривает новую папиросу. Револьвер лежит на столе, как лежал. В тени, под острой скулой у Дорды вздрагивает какой-то червяк. Дорда идет к столу, берет с бумаги револьвер, на лице — внезапно прорезаны красные губы, но не там, а гораздо выше, верхняя губа очень короткая. И слова:

— Ты — идиот, интеллигент! Я тебе это всегда говорил.

— Помню... — улыбка; пепел — седой, чуть курчавый — скоро осыпется, упадет.

— Я бы взял и выстрелил. Ото уж будь покоен. Завтра в тебя выстрелю не я, ну, это все равно.

— Завтра — да. А сейчас ты...

— Довольно, не мели ерунду! Ты, может быть, воображаешь, что я тебе это нарочно подложил? Идиот!

— Ладно. А я, может быть, тебе за эту одну минуту... Слушай: неужели ты не понимаешь, что самое главное...

Сумасшедше кружатся лопнувшие часы, час — секунда. Нет людей, и потому двое — люди, и как после третьего звонка — надо скорее — еще о чем-то и еще о чем-то. На щербатом столе белые трупики папирос, курчавый пепел. У Куковерова морщины возле висков складываются веером, улыбаясь;

глаза блестят.

— А знаешь, Дорда? Мне тебя жалко — ну, просто вот... Это, может быть, только сейчас — может быть, завтра я — вдруг — это простое, их обоих, завтра: еще невидное, оно где-то катится сейчас огромной световой волной — все ближе. В тени, под острой скулой у Дорды мечется какой-то червяк. Оба молчат, это кажется очень долго. Потом Дорда говорит тихо, глядя вниз, на карандаш:

— Ко мне приходила твоя... не знаю, кто. Говорила разную... ну, что тебя любит и там — не помню еще что. Неважно. Я, собственно, поэтому.

Дорда смотрит на крест — на бумаге карандашом — и слышит дыхание Куковерова, медленное, тугое, будто весь воздух для него сразу затвердел кусками. Куковеров молчит.

— Ну? Чего же ты молчишь? Ч-черт!

Дорда вскакивает — к окну; там звезды уже нет, все небо — туча, чугун. Опять — к столу, где молчит Куковеров.

— Это, может быть, глупо и нельзя, — но все равно: вот хочешь — она придет сюда, к тебе? Я скажу конвойному. Ну? Хочешь?

Воздух — колючими кусками, слов нет. На лице у Куковерова улыбка, облака — светлые и темные: о том, что это — как день или как... — и что это невозможно, нестерпимо. И все-таки кивок головой, чуть заметный: да, хочу.

И когда Дорда встает, чтобы уйти — голос Куковерова, с трудом протиснутый сквозь зубы:

— Оставь мне папирос — у меня нет ни одной. Спасибо. Вообще.

Однажды, давно — последняя папироса была прибита гвоздем на стене. Так было.

*****

От Дорды, от Куковерова, от людей, от Земли — железной громыхающей занавесью туч еще закрыто завтра — и закрыта мертвая, вдруг вздрогнувшая звезда. Там — все черное, ночь. Эта ночь — минута, вот уже проступает небо. Но оно не из зеленого льда, какое было над звездою вчера, позавчера: оно вспыхивает красным — как девушка, которая в первый раз увидела, почувствовала — щеки у ней все горячее, и сердце, жужжа кровью, мчится навстречу — чтобы сгореть, сжечь.

Еще одно какое-то деление, волосок и, вместо двух лун,

прижавшись носом к стеклу, медленно, огромно подымается небывалая луна: красное, косматое, рябое, жестокое, веселое, равнодушное, любопытное лицо. Прозрачной кровью багровеют стены, красная полоса на груди у младшей женщины — это похоже на трещину в чаше — и красные рубцы у мужчины на плече.

Ноздри у него дрожат — как у зверя, который чует еще далекий, неясный запах и, ощетинившись, пятится. Не сводя глаз с новой страшной луны, — он ступает шаг назад, еще шаг — заслонился ладонью. Вдруг стрелой к двери скорее отсюда, чтобы не видеть, чтобы — но уже нет двери, она завалена снаружи кусками расколотых стен — глыбы, груды, горы стеклянного льда в красных искрах, назад, нельзя, только вперед. Куда?

Я одна — я. Мать, живу тысячу кругов — я одна знаю, куда. Я слышу, как со свистом, в сто раз быстрее, мы мчимся навстречу Земле, кружась — и ради этого все, ради этого обречены мною эти двое последних, мужчина и женщина: они еще живы, еще люди.

И я — человек. Если бы не быть человеком, если б... Но вслух нельзя, и я знаю: я сейчас улыбнусь ему — вот — я улыбнулся.

Обеими руками он крепко держит свою бушующую голову, глаза круглы — как у ребенка, как у зверя. Тихо он говорит ей, Матери:

— Что ты сделала? Что это — там, красное?

— Это — Земля. Я повернула к Земле — чтобы мы... Нет, нет, слушай: там, на Земле — воздух, там — люди, мужчины и женщины, и они все дышат целый день, целую ночь — сколько хотят, и там уже не надо убивать, и там...

Губы у него шевелятся — он повторяет за ней слова, как молитву — на верхней губе у него чуть заметная теплая ложбинка. И уже знать, видеть, как вздернется эта губа в оскаленной последней улыбке, как его зубы...

Вслух:

— И ты... ты будешь дышать — днем, ночью, всегда, сколько хочешь!

Мужчина закрывает глаза — невозможно поверить сразу, сердце стучит; и тотчас открывает, чтобы поверить — чтобы протянуть руки к косматой, прекрасной, страшной Земле — чтобы закричать ей навстречу, как на заре зверь — чтобы в пьяной радости схватить ту, другую женщину, сжать ее грубо, жестоко, нежно.

Кружась и дрожа, Земля ждет, чтобы ее пронзили до темных недр — чтобы вырвались нетерпеливые бурлящие багровые лавы — чтобы сгореть, сжечь. Дрожа, она закутывает наготу в тучи, льет дождь, обжигающий, как слезы — о том, чтобы это скорее, чтобы это — никогда: это ослепительно, это больно.

С крыши — капли о каменный подоконник, и во всем мире двое — Куковеров и Таля — слышат каждую каплю. Лампочка, деревянный стол, на столе — трупики папирос, согнутые тяжестью цветения, ресницы опущены вниз — на Куковерова, он на полу, лицом в теплую долину между Талиных колен, где недавно метался червь Rhopalocera... И в тишине — капли; от капли до капли — века.

Куковеров поднимает лицо, закрытые глаза, улыбку:

— Капли — вы слышите? До чего огромна кажется капля — или, может быть, не то, но вы понимаете? Я знаю: я их буду слышать всегда — всю свою — Он хотел сказать: «всю свою жизнь» — и споткнулся. Улыбка белеет, он стоит на коленях молча, потирает лоб вот здесь, над правою бровью — один палец на руке желтый от табаку.

Внутри, в Тале, как живой ребенок, поворачивается сердце с такой болью, что хочется крикнуть и всю себя — что-то самое невозможное, самое трудное только, чтобы ему этот час или два...

Куковеров сине, удивленно открывает глаза — потому что вдруг слышит ее смех.

— Слушайте — ну, до чего же я глупая! Ведь я же забыла вам самое главное... Я сейчас с ним говорила — с Дордой, он говорит, что завтра... что вообще вас не... Я не помню... я торопилась — он сказал, что вас перевезут в город — он устроит, чтобы...

Глаза у Куковерова — круглые, как у ребенка — все синее, все шире.

— Но... но он мне — совсем другое — только что... Мы с ним здесь...

— Нет, нет! Потому что я просила, может быть... Я не знаю — он сказал, я же вам говорю!

Папиросу. Спичек нет — красный язык в лампе дрожит и вытягивается вверх. В голове у Куковерова, жужжа, сумасшедше несется, как в часах с лопнувшей пружинкой; выскочившие из клетки слова — друг через друга:

— Да, да, ведь мы когда-то с Дордой вместе... ему это очень... Вот это вот его папиросы — понимаете? И если... И потом мы бы с вами куда-нибудь... Это очень просто: фамилию можно... Смешно — откуда это? Фамилия была Пупынин, Пантелей — понимаете? И человек подал прошение, чтобы переменить на «Робеспьер» — Пантелей Робеспьер! Именно, именно: Пантелей Робеспьер!

Тале нужно засмеяться вместе с Куковеровым, потому что если она не засмеется... Одна пустая, страшная, без дыхания секунда, потом смех кусками, комьями — совершенно сухими, тотчас же рассыпающимися в пыль. Куковеров — опять что-то такое об этом — как они вместо с ней будут... Будут? И больше уже нет сил. Таля кричит:

— Замолчите! Не надо! Я не могу!

Тишина. Капли о камень. Куковеров на коленях, его голова у Тали в руках — вот так, обеими руками, крепко сжать эту голову и не дыша смотреть, еще, еще — чтобы запомнить его на всю жизнь.

В Куковерове навеки — до завтра — отпечатываются чуть холодные, как сирень в сумерках, девичьи губи. И когда он потом целует сквозь шелк, Таля, кружась и дрожа — дрожат и холодеют руки — всю себя, что-то самое немыслимое быстро расстегивает платье, вынимает левую грудь — так вынула бы ее для ребенка — дает Куковерову:

— Вот... хочешь так?

Капли — за тысячу верст. Горячей щекой, губами — Куковеров слышит всю ее — и ее спутанные, соскочившие слова:

— Когда он обыскивал меня — мне показалось... Я подумала, что я могла бы и это — да, могла! Я хочу, чтобы ты — ты... Я хочу, чтобы ты оставил во мне себя, чтобы... Нет-нет-нет, это совсем не потому, что я думаю, что завтра... нет! Я же говорю: он сказал мне — я же говорю! Но разве нужно, чтобы всю жизнь вместе есть и ходить гулять? Ведь самое главное, чтобы... Ну, милый!

Капли о камень, огромные в тишине. И огромно, легко, как Земля Куковеров вдруг понимает все. И понимает: да, так, это нужно; и понимает: смерти нет.

Идет к двери, прислушивается, накидывает крючок. Запоминается навеки до завтра: под крючком на дереве полукруг — это прочертил крючок, качаясь часы, годы, века.

И еще: окно уже побледнело, черный крест рамы, тучи, какой-то громадный, далекий — круглый гул все ближе.

Сквозь миллионоверстные воздушные льды, кружась все неистовей, со свистом мчится звезда — чтобы сгореть, сжечь — все ближе. И там — трое последних. Освещенные новым, красным, последним светом — они, не считая, жадно пьют оставшийся воздух, пьянеют, дышат так, как здесь, на звезде дышали люди давно, тысячи кругов назад. О, один раз в жизни — не думая, без счету — телом, ртом, грудью!

Мужчина и женщина обнялись тесно: двое — одно. И та, старшая, Мать над ними, над всеми. В красное зарево неба врезан ее профиль, брови и губы крепко сжаты, она мраморна, как судьба, чуть согнуты под какой-то тяжестью плечи, стоит, ждет. И вот — пол под ногами вздымается, как живое тело, залитые красным, прорезываются трещины в тысячелетних стенах, звон стеклянных брызг — Тишина. В пустынях острые зубчатые тени опрокинутых скал. Зажженные алыми искрами ледяные глыбы стекла, под ними — как сквозь лед на дне — темные груды машин, книг, тел, три мгновенно замерзших, тесно друг к другу, трупа.

В тишине — капли о камень, от капли до капли — века, секунды. В какую-то назначенную секунду — вдруг рушатся тучи вниз, на ослепительно-белом — переплет рамы черным крестом, молнии — столбами, сверху — камни, грохот, огонь.

Из ворочающихся, как медведи, встающих на дыбы изб — выскакивают келбуйские, орловские, и все бегут куда-то, падают в горячие трещины. Земля раскрывает свои недра все шире — еще — всю себя — чтобы зачать, чтобы в багровом свете — новые, огненные существа, и потом в белом теплом тумане еще новые, цветоподобные, только тонким стеблем привязанные к новой Земле, а когда созреют эти человечьи цветы.

Also available from JiaHu Books:

Chekhov – Short Stories to 1880
English - 9781784351373
Russian - 9781784351212
Dual - 9781784351380
Chekhov – Short Stories of 1881
English - 9781784351489
Лучшие русские рассказы — 9781784351229
Дядя Ваня — А. П. Чехов — 9781784350000
Три сестры — А. П. Чехов — 9781784350017
Вишнёвый сад — А. П. Чехов - 9781909669819
Чайка — А. П. Чехов — 9781909669642
Дуэль — А. П. Чехов — 9781784350024
Иванов — А. П. Чехов — 9781784350093
Шутки - А. П. Чехов — 9781784350109
Остров Сахалин - А. П. Чехов — 9781784351120
Русланъ и Людмила — А. С. Пушкин - 9781909669000
Евгеній Онѣгинъ — А. С. Пушкин — 9781909669017
Пиковая дама, Медный всадник, Цыганы — А. С. Пушкин —
9781784350116
Капитанская дочка — А. С. Пушкин — 9781784350260
Борис Годунов — А. С. Пушкин — 9781784350291
Стихотворения: 1813-1820 — А. С. Пушкин — 9781784350864
Анна Каренина — Л. Н. Толстой — 9781909669154
Детство — Л. Н. Толстой — 9781784350949
Отрочество — Л. Н. Толстой — 9781784350956
Юность — Л. Н. Толстой — 9781784350963
Смерть Ивана Ильича — Л. Н. Толстой — 9781784350970
Крейцерова соната — Л. Н. Толстой — 9781784350987
Так что же нам делать? — Л. Н. Толстой — 9781784350994
Хаджи-Мурат — Л. Н. Толстой — 9781784351007
Царство божие внутри вас... — Л. Н. Толстой —
9781784351113

Записки из подполья — Ф. Достоевский — 9781784350472

Бедные люди — Ф. Достоевский — 9781784350895

Повести и рассказы — Ф. Достоевский — 9781784350901

Двойник — Ф. Достоевский — 9781784350932

Вечера на хуторе близ Диканьки - Николай Гоголь - 9781784351755

Рудин — И. С. Тургенев — 9781784350222

Записки охотника - И. С. Тургенев — 9781784350390

Нахлебник - И. С. Тургенев — 9781784350246

Отцы и дети — И. С. Тургенев - 978178435123

Ася — И. С. Тургенев — 9781784350079

Первая любовь — И. С. Тургенев — 9781784350086

Вешние воды — И. С. Тургенев — 9781784350253

Накануне — И. С. Тургенев — 9781784350512

Мать — Максим Горький — 9781909669628

Человек-амфибия — А. Беляев - 9781784350369

Рассказ о семи повешенных и другие повести — Л. Н. Андреев — 9781909669659

Жизнь Василия Фивейского — Л. Н. Андреев — 9781784351182

Соборяне — Н. С. Лесков - 9781784351939

Леди Макбет Мценского уезда и Запечатленный ангел - Н. С. Лесков - 9781909669666

Очарованный странник — Н. С. Лесков — 9781909669727

Некуда — Н. С. Лесков -9781909669673

Мы - Евгений Замятин- 9781909669758

Уездное, На куличках, Островитяне – Е. Замятин - 9781784352043

Санин — М. П. Арцыбашев — 9781909669949

Двенадцать стульев — Ильф и Петров - 9781784350239

Золотой теленок — Ильф и Петров - 9781784350468

Мастер и Маргарита — М.А. Булгаков - 9781909669895

Собачье сердце — М.А. Булгаков — 9781909669536

Записки юного врача — М.А. Булгаков — 9781909669680

www.ingramcontent.com/pod-product-compliance
Lightning Source LLC
Chambersburg PA
CBHW020336130626
46549CB00003B/1193